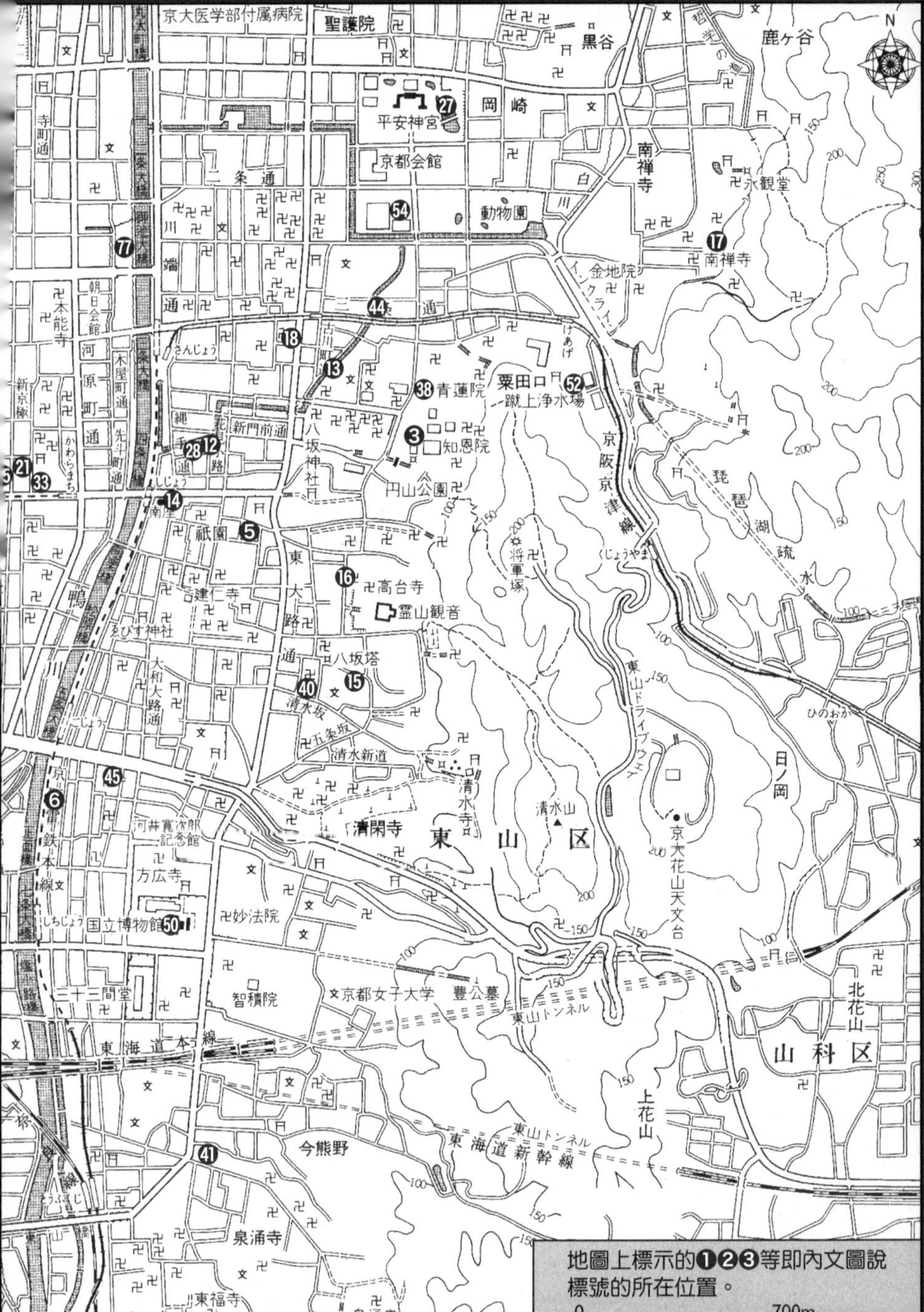


地圖上標示的❶❷❸等即內文圖說標號的所在位置。

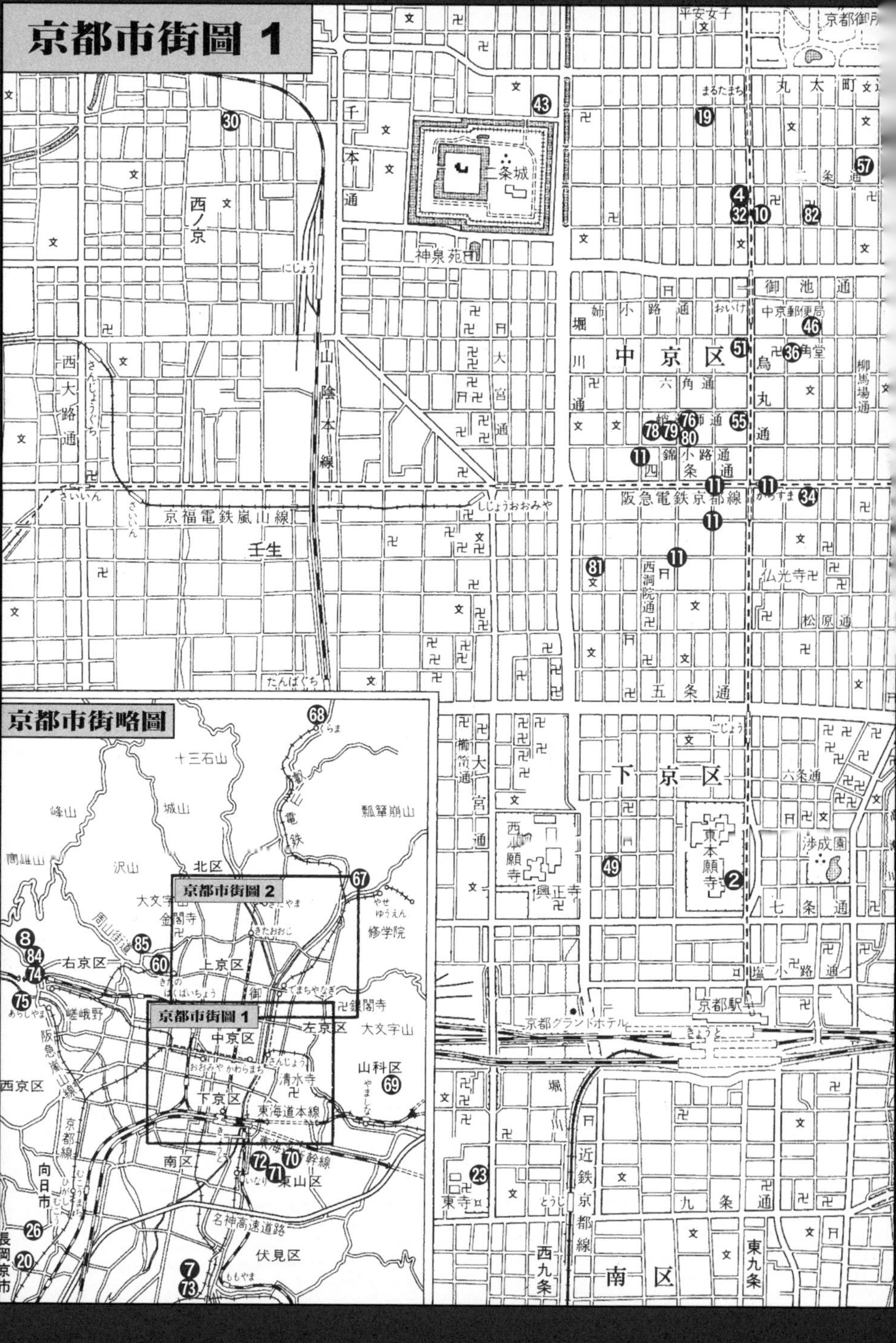
京都市街圖 1
平安女子
京都御所
丸太町通
二条城
神泉苑
にじょう
千本通
西ノ京
西大路通
さんじょうぐち
山陰本線
大宮通
堀川通
姉小路通
おいけ
御池通
中京郵便局
中京区
六角通
角堂
烏丸通
柳馬場通
錦小路通
四条通
阪急電鉄京都線
からすま
しじょうおおみや
京福電鉄嵐山線
さいいん
壬生
西洞院通
仏光寺
松原通
たんばぐち
五条通
ごじょう
櫛笥通
下京区
六条通
西本願寺
東本願寺
興正寺
渉成園
七条通
塩小路通
京都駅
京都グランドホテル
きょうと
近鉄京都線
とうじ
東寺
九条通
西九条
東九条
南区
まるたまち
京都市街略圖
十三石山
峰山
城山
沢山
瓢箪崩山
北区
叡山電鉄
京都市街圖 2
大文字山
金閣寺
周山街道
修学院
右京区
上京区
銀閣寺
左京区
嵯峨野
あらしやま
阪急嵐山線
中京区
清水寺
山科区
やましな
西京区
下京区
東海道本線
東海道新幹線
京都線
向日市
南区
東山区
いなり
名神高速道路
伏見区
長岡京市
ももやま

# 京都喜樂

京都三部曲之2

壽岳章子 著
澤田重隆 繪圖
陳嫻若 譯

推薦序

# 陰陽調和之美的京都

韓良露

親人的死亡，往往是個人感時傷懷的開始，逼使我們回頭去看生命的流轉，透過回憶去重新體驗時光的溫度、往事的重量，原來，許許多多我們收藏在意識底層的人生點點滴滴已經化身成瓶中的精靈，等待主人的召喚現身。

壽岳章子的《千年繁華──京都的街巷人生》，寫於母親逝世之後，就像追溯母親的源頭般，壽岳章子以〈我家的居住風情〉、〈我家的服裝故事〉、〈我家的飲食生活〉、〈我家的精神生活〉為引線，記錄了壽岳的父母的生命故事與一家人成長的記事，整本書出現了許多生活的細節，像如何大掃除、換榻榻米，縫製和服，買草鞋、木屐，準備家中膳食，朋友交誼與京都的日常生活百態……我們可以說，壽岳章子的京都第一部曲，是陰性的京都，關於她自己的母親也關於京都這個大地母親的家常性情，因此整本書十分溫暖、動人，有著深沉的慰藉，藉著京都人對日常生活之美的保護，讓我們沉浸在大地之母的永恆懷抱之中。

雖然京都第一部曲大受歡迎，但壽岳仍然等了五年之後，才提筆寫京都回憶的第二部曲，這一回寫作的情感動力來自另一位親人的辭世，當壽岳開始追悼父親的往事，我無法確知壽岳章子是自覺或只是我的個人臆測，她關注的京都焦點，突然從上一本書的母親象徵家庭的女性角度，而轉向了父親代表社會的男性思索，她開始梳爬京都社會更深層的陽性結構的意識及能量。

如此一來，壽岳章子的京都之二——《喜樂京都》，以祇園祭的序文為開端就一點也不奇怪了。京都四時祭典一向是支撐京都社會運作的重要事件，四大祭中又以祇園祭最重要，長達一個月的夏祭，是凝結京都人身分認同的要角，連我這個異鄉人，幾次在京都遇上祇園祭，街道上鎮日放著如同催眠般如夢如幻的除厲樂聲，京都的時間就突然回到了遙遠的過去。在日本平安時代，經過了一次嚴重的瘟疫之後，京都人每年夏天都舉行祇園夏祭，催魂的古樂用來洗滌靈魂求神赦免保京都人平安。

「平安」一直是京都人集體心靈圖像中最重要的集體符號，從京都立平安王朝以來，京都人的父權形象一直是保護型而非侵略型，壽岳章子在書中提到了日本最大的父權形象，在京都時的天皇是備受人民愛戴的父親，但遷都東京後的天皇卻變成令人畏懼的。

日本的宿命，在明治天皇決定從京都遷至東京後，有了本質的變化，京都千年天皇一系，都聽命於平安王朝的神諭，其間政治或有動亂，但基本上京都這個內陸盆地的魂靈一直是以安定為重，京都是內縮內省之城，皇城坐北朝南居中，上中下京為骨幹，左右京為輔佐，四方天下以向皇居臣服安定為上，小小的京都城，人口一直都不超過百來萬，有千年古禮要守，野心從來不會太大。

但遷都至東京海灣的新都東京就不同了，從一開始東京的風水就不重中道，東京是擴張型的城市，從來沒有個中心，京都是向內看、向傳統回顧之城，但東京卻是向外看，向未來瞻望之都，沒有平安王朝之保命符的東京，遷都後就一連串地打起日俄戰爭、滿州戰爭、第一次、第二次世界大戰，這個東京，何其不平安啊！

京都人一直是日本反戰的大本營，壽岳章子在本書中以輕描淡寫的方式，寫出京都人對戰爭的無奈及厭惡，四条通上原本賣銅器的「菊光堂」，在二次大戰時，為順應政府的徵召，只得把店內所有金屬製品全都捐出去，之後只好改賣茶具——戰爭所摧毀的，從來不只是人命，「菊光堂」原來的工藝文化的傳承就因戰爭中斷，而壽岳章子之後還告訴我們，這個當時下徵收金屬命令的工商大臣岸信介，在大戰後卻依然當上了總理大臣。

壽岳章子在書中描述的男性形象，不管是她終生致力於英國文學研究的父親，或篆刻家水野先生、觀世流能樂師浦田先生、扇骨師荒谷祝三、染織師池田利夫，以及保護京都老街的政治家木村萬平先生，壽岳章子呈現的都是正面的陽性力量，這些建構社會職業骨幹的男人，是保護社會的父親，和滋養家庭的母親，一起攜手創造京都的美好生活。

壽岳章子的京都，是一則陰陽調和的神話，京都人曾經擁有美好的烏托邦，社會父親與家園母親相親相愛，就像壽岳章子的父母般，走過艱難的時代，建立了豐富完好的家園。而壽岳章子相信，只有能照顧人民，讓生活之美與平安傳承下去的才是理想的社會和國家。

京都是一個文明的隱喻，生活美學絕不只是消費性的能量，而是社會哲學性的動力，誓願過好自己平安美好小日子的人們，往往比滿口空言政治理想的人，更願意保存文明神聖的傳承，這樣的文明注重的是陰陽力量的調和而非對立。京都的緩慢、念舊、保守的價值非但不反動，卻比政治的激進主義更進化，保存京都的價值，絕非只是維護京都的祭典、老街、手工藝、生活儀式……壽岳章子要告訴我們的不僅於此，《喜樂京都》說的是京都文明的喜樂在於尊重文明平安的延續。

推薦序

# 玩味京都

葉怡蘭

最近，讀了壽岳章子的《京都三部曲2——喜樂京都》（馬可孛羅出版）。和前年第一次乍見前一本《千年繁華——京都的街巷人生》一樣，展讀之際，昔年京都行旅記憶瞬間嘩地湧現眼前，一時間滿心思念愁緒，久久低迴神往不已。

那趟，停留時間不到一週，然京都種種，卻是點點滴滴都深深刻進心版，在接下來的幾年歲月裡始終不斷咀嚼玩味。

我總覺得，京都之美，其實存在於這城市千百年來不斷淬煉積累而成、無數的兩向對照、揉合與交映：

禪與藝，無與有，象與形，簡與繁，樸實與精緻、自然與人為……。因而在一任優雅寧謐潛靜無波裡，卻含藏著驚人的、彷彿永遠也探究窮究不完的，無限豐富複雜的內涵內蘊。

而壽岳章子的這兩本《京都三部曲》系列，在如我這樣對京都既傾慕又迷惑的異地人而言，其實提供了一個非常在地生活視角的絕佳深入觀看與思考角度。

在我看來，單從閱讀經驗看，《喜樂京都》在整體的嚴謹度與優美度其實是略略不如前一本《千年繁華》的。

《千年繁華》自壽岳章子的家庭與成長記憶出發，從住家在京都各區的遷徙，家裡頭用的榻榻米、掃帚、木屐，一年四季的衣服，餐桌上的醃菜、豆腐渣、山藥泥飯、京野菜……，由內而外反映京都種種，洋溢著一種情味綿長的韻致。《喜樂京都》則從自己的生活出發，穿插入許多京都人京都事京都慶典的描述，一路說到京都老店的第二代故事，節奏因而顯得較為跳躍混雜。

但也因著如此，卻流露了更多壽岳章子對於京都的熱切與自豪之情，與焦急著希望一切都能堅守如舊的深刻期許。——這種種，看在同樣出身古都的我的眼裡，真是分外心有戚戚焉。

而在閱讀此二書的時刻，我總是忍不住，要為自己沖一杯日本茶，特別是來自京都的玉露茶佐書。

玉露茶，這種在茶樹發新芽階段特別予以覆蓋不接觸陽光，因而醞釀出極甘甜醇美的茶香的日本綠茶，在沖泡時需得非常注意水的降溫，約莫攝氏五十度上下，拿捏穩妥，方能綻放出令人驚異的、既雄渾飽滿又圓潤婉約的奇妙滋味。

書中，作者的父親總是堅持要花上超過半小時時間，不理會章子的催促，靜心等待熱水到達適溫，才好整以暇地泡茶。

這對於也常常因為不耐煩慢慢等、遂而即使明知自然降溫的味道才是最棒，卻仍忍不住偷偷使用一些「小撇步」以求快速降溫的我來說，讀到這段，真宛如一次當頭棒喝。

即使在尋常生活裡，仍舊每一細節時時刻刻用心細膩認真執著一點不輕忽輕率。而這就是，京都之所以為京都吧！我深有所悟……。癮，怎樣也戒不了呀。

序文

# 京都居，樂無窮

平成四年（一九九二年）的祇園祭①一如往年，我在巡行日的中午，前往我前一本著作《千年繁華》中曾出現的廣田長三郎先生家探訪。只不過，今年我將它視為一件特別的大事。廣田家位於新町三条上，那一町原本是有「山」的，但因為歷史的緣由，後來區劃到鄰町去，現在變成沒有「山」了，但祇園祭期間，仍要按照山鉾町的規則來生活。由於山鉾車回到各町時大半都會經過新町通南下，也就是說，會經過廣田家門前。去年我就想去拜訪他們了。但是他們府上發生不幸的事，猜想他們不適合節慶的氣氛，所以我就迴避了。今年我與諸多舊好忝著臉上門打擾，一切如舊，我們受到熱鬧的節慶式歡迎。

不巧的是，今年的祇園祭下大雨，雨下得幾乎令人傷感起來。梅雨季結束時都還不見雨水，長刀鉾出動的時候大雨卻傾盆而下，而且雨勢隨著時間越見猛烈，幾乎到

①——為京都八坂神社舉行的祭典。平安時代，日本全國疫病蔓延，京都人在神泉苑立起六十六支矛放在神轎上巡行。後來矛變成了山或鉾，神轎也改成了山車，稱之為「山鉾車」。

了慘不忍睹的地步。御池通的觀眾席上空無一人，眼看就要慘澹收場，但是山鉾巡行仍然照常舉行，看得我十分感動。有時不禁擔心，鉾會不會從台車屋頂滑落下來，還好，巡行平安結束。只是各山鉾町雖然都盡可能的罩上塑膠布，但是淋濕了的「胴掛」和「見送」②，收拾起來肯定得大費周章。另外，在一旁隨時幫忙把助手淋濕的衣褲整理好的婦女們，想來必定十分辛苦。簡言之，這是一場濕漉漉的祇園祭。不過從結果來說，雨中巡行則在在展示了祇園祭的實力。事實上，我們這些觀賞者也都亢奮到最高點。大雨滂沱中，山車上的稚兒③、樂手、拖車手，還有在山車「辻迴」（大轉彎）時一起加油吶喊的人們，大家一起完美的達成了各自的使命，真是太了不起了。

我懷著感嘆，坐在廣田家後堂的客廳，一邊享用著不斷端上來的美食，一邊聽著經過新町通南下的山車和鉾車的樂聲，不時和主人談論起京都的種種。老實說，廣田先生和我的政治立場並不相同，但是對於京都的遠景，我們倒是有很多意見相投之處。我和他相談甚歡，便暢快的享用餐點，一面細細體會與「同憂天下之士」（以前是單指男性，但現在應該也將女性納入才是）交換意見的快樂。

今年的祇園祭，就在這樣深深的京都懷思中度過了。

我的前一本作品《千年繁華》出人意料的頗受歡迎。這在原畫展的會場上充分表現出來。參觀者十分踴躍，當然其中不少是朋友前來捧場，但是更多京都的鄉親，把並不寬闊的「丸善」會場擠得爆滿。其中大都是中老年人士。由於是原畫展，澤田先生上了色的多幅美麗圖畫吸引了眾人的目光。看到觀賞者沉穩的視線凝神看畫的神

②—皆為山車上的刺繡裝飾物，「胴掛」是在山車兩側，「見送」則在山車尾部。

③—祇園祭之前，從八歲到十歲的男孩中挑選出適合的幼童，象徵神的使者，坐在山車上，稱之為「稚兒」。

情，真的令我大為感動。

此外，我還接到許多讀者的來函。其中共同的特色是，大家都或多或少的談起自己的過去。澤田先生的畫和我的文章，似乎喚起了許多人遙遠的過去。聽了每個人各自所謂「我與京都」的故事，我陷入深深的沉思。看來是我天南地北的閒談，誘發了那些人的某種心情吧！而且，他們每個人都有一段沉澱在心底的生活歷史呢！

這就是京都。即使進入近現代時期，仍經歷多次戰爭，一路打拚、奮鬥過來的城市和人民。但是這樣的京都今日處在什麼樣的歷史性局面呢？據說現在的劇變是自從應仁之亂④全町燒成灰燼，只聞雲雀叫聲以來最激烈的一次，但仍有人敢於迎面接受。

曾有個東京的著名學者半開玩笑的迎面衝我罵道：

「京都的人都在搞什麼！蓋那種摩天大樓幹嘛？」

至少在我狹窄的交際範圍內，大家是衷心的擔憂著京都的未來。我眼前浮現出日日夜夜為各種戰役到處奔走的人群的身影，於是我不動聲色答道：

「並不是沒有人在做事，他們都盡了最大的努力！」

那是純樸的、滲出血的戰役。

這次我所寫的，雖為《千年繁華》的續篇，但是內容稍有不同。它是將我的過去、對剛過世的父親的思念，以及現在京都與我的關係為主軸整理而成。雖然書中也談到京都的光明與黑暗，但是我並不是為京都即將沒落而撰寫墓誌銘，再怎麼說，我

④—西元一四六七年，室町幕府的第八代將軍足利義政膝下無子，於是群雄並起，形成細川勝元派（東軍）與山名持豐派（西軍）。兩軍混戰長達十一年，京都因而荒廢，造成幕府失勢，進入長達百年的戰國時代。

都要寫出在京都「生於斯、長於斯」的期望。直到今天，京都還是腳踏實地，不斷的在奮鬥著。因此我們居住在此地的人，又怎麼能先喊輸呢？

聽了我的意見，有人會說：「沒想到老師您是那麼保守的人。」不管是保守還是進步，我只相信讓京都發出吱軋聲不斷扭曲的走向，不僅對京都人，就算對全人類都是相當不幸的事。我大膽的說，這種極端的保守，才是超進步的想法。

澤田先生再次為我畫出與《千年繁華》同樣，或可說超出前者的美麗畫作。我尊敬並感謝那些以堅定視線觀賞畫中京都的讀者，以及隨後在書中出現的多位人物，與他們的邂逅真是太美妙了。就因為這種種，我相信我的京都是永遠不滅的。

一九九二年八月十二日　壽岳章子　於向日庵

❶——詩仙堂。雖然石川丈山已不在人世，但是他一生的思想至今仍由詩仙堂傳頌於世。造訪者應能感受其一絲不苟、挺直不懈的風格。

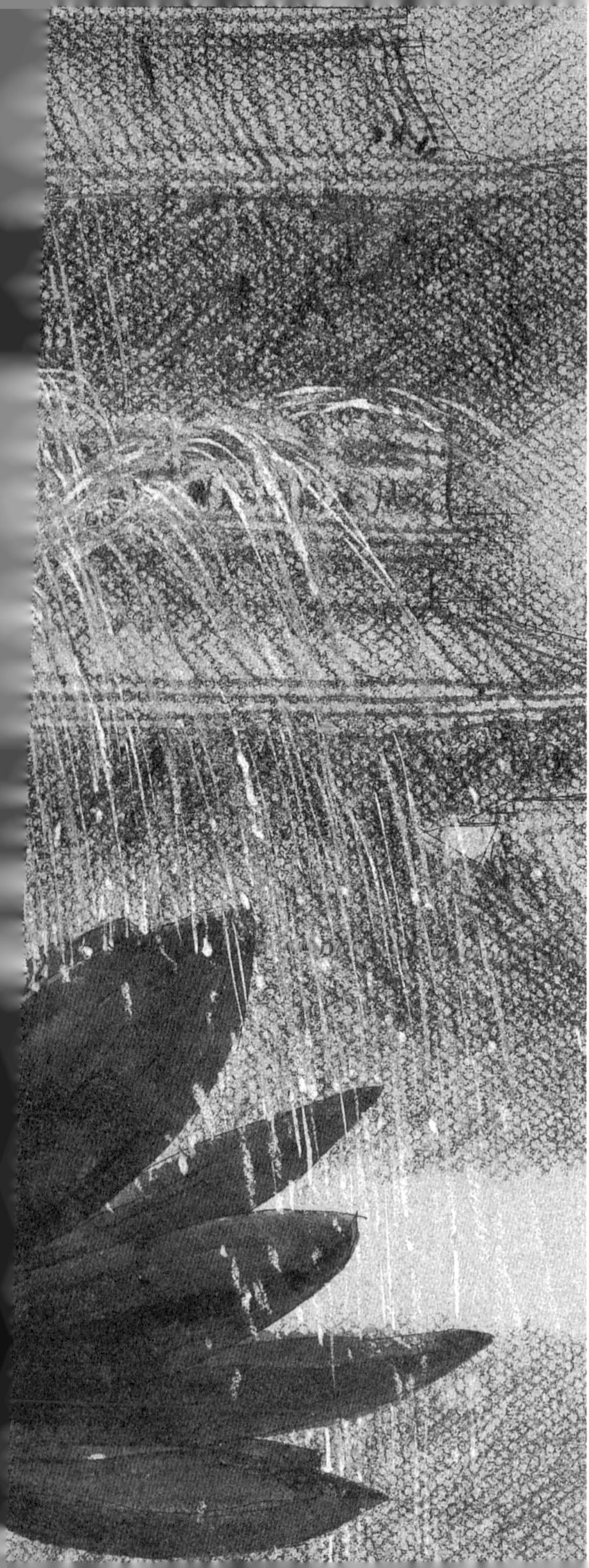

❷──東本願寺的蓮華噴泉。京都人看這噴泉就像生了根一樣理所當然。它就在京都車站前不遠，也可算是京都的象徵之一。

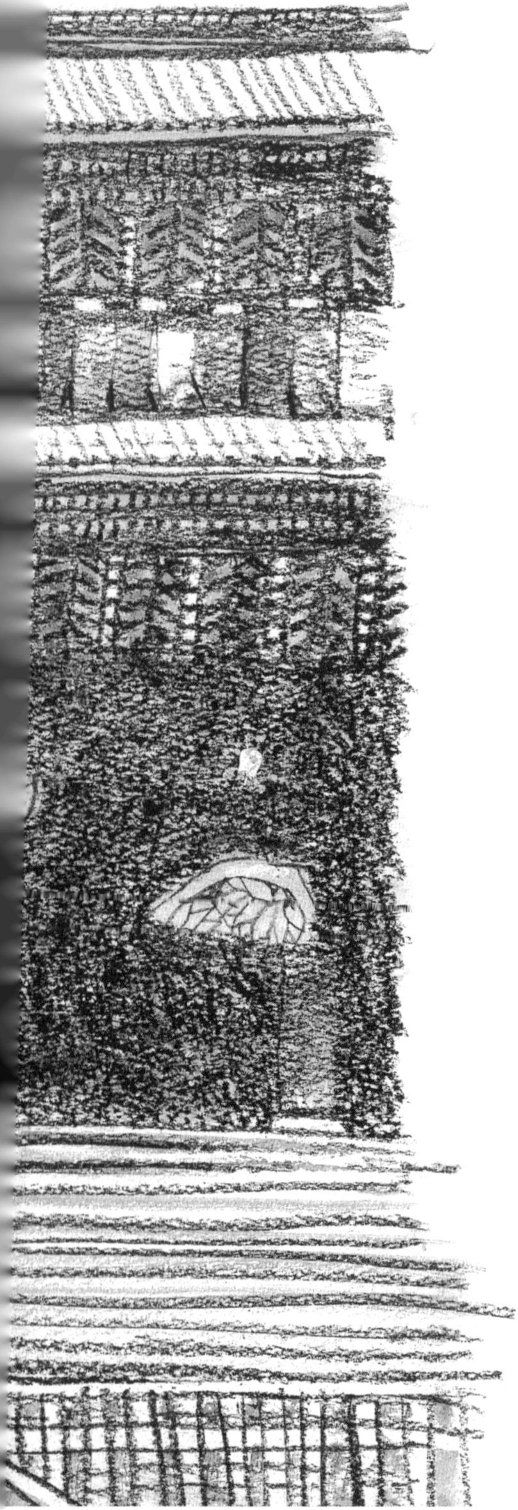

❸──知恩院山門。宏偉的山門終於修復完工了。宏偉二字似乎不適合用來形容一座寺院，但它真是氣派恢弘。明治之後，它度過了一段艱苦的歲月，如今又恢復堂堂的面貌。

❹——二条室町通附近的民家。京都的町屋屋瓦相連，就像一片溫柔的大海。令人懷想起中京區居民生活深渺安靜的色調。每個屋子都有各自的可愛庭院，但這景觀已逐漸走調，令人不安。（自烏丸二条下「新婦人」的窗子望出去的情景）

❺──祇園的屋頂。祇園町悄靜的氣息。一方方相連的屋頂既穩當又柔軟，與北方遠處大樓相對照，頗有深意。(自祇園町南側的石田旅館屋頂望出去的景色)

❻——洛東遺芳館。在京都不時會遇到令人驚豔的屋宅。木紋細緻的圍牆、牆後的綠意、做工精細的窗格子、堅定的自我主張，也是一處溫柔的城堡。（五条大橋南）

❼──伏見的大倉酒廠。伏見是個有趣的小鎮。四處可見的大酒廠總令我看傻了眼。令人感受到這就是「日本的酒」。這位不疾不徐走在路中的老婦人，在她眼裡到底看到了什麼？

つたや
鮎の宿
鮎の宿
つたや

❽──鳥居本的鮎之宿「蔦谷」。真想掀開他們的布簾看看裡面是什麼光景。不禁遙想起沿著濃濃綠意的登山道步行至此的昔日旅人。與鮎茶屋一樣，這名字令人著迷。

❾──妙顯寺宿坊。通稱「裏大爺」的裏千家後門，這附近瀰漫著京都的高雅氣氛。

⑩──尾張屋麵店。就在商業街旁，中午時分上班族全都脫了鞋擠在店裡榻榻米上窸窸窣窣的吃麵條。房子是古早以前留傳下來的，在裡面吃飯，心情之寧靜莫此為甚。這便是真京都。（車屋町二条下）

# 祇園祭

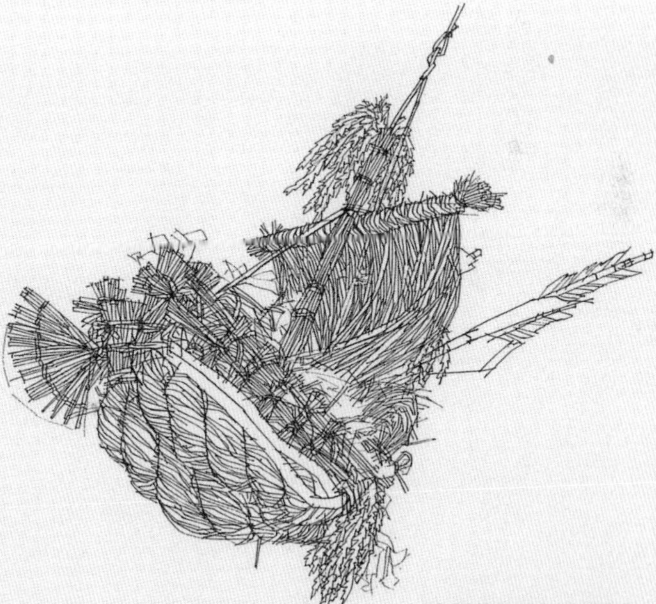

上賀茂神社的蓬萊寶船。

## 祇園祭宵山不可思議的魅力

活在歲月的流轉中，真是一件有意思的事啊！——我大汗淋漓的穿過雜遝的人群時，腦中突然閃過這個念頭。

這是京都祇園祭宵山①。也就是七月十六日的晚上。自黃昏起天色已漸漸變暗，我和從前東北大學的女同學一起，咬著牙走遍了京都的夜。

昭和二十年（一九四五年）的夏天是一段很不平靜的日子。仙台市雖說是宮城縣首府所在地，也是東北六縣中最大的都市，但人口也不過區區二十萬。所以，當七月九日深夜到十日之間，美國的B-29大隊空襲仙台市後，市中心幾乎全遭炸毀。我所住的宿舍因為靠近郊區而倖免於難，但也吃了好幾顆燒夷彈，一切全都燒光了。

當時，也就是於昭和十八年（一九四三年）十月進入東北帝大就學的女學生共有九名，分別主修國語文（五名）、日本史（一名）、哲學（二名）、心理（一名）。那時學院是文學和法學混合，而東北大學原本就以理科收女生而聞名（在大正二年〔一九一三年〕大學准許女子入學時，就收入化學系一名，數學系兩名，合計三名女性入學）。這一年秋天入學的女性共有九名，全部都是文科。九人交情甚篤，戰爭末期大家吃盡了苦頭，還是勉強要過大學生活。仙台大空襲之際，除了從自家通學一人之外，住在宿舍的人全都成了受害者，也就是說八人全都流離失所。空襲時，大學中別說是講課了，全體學生都要動員去服勤。我們這一學年的男女學生都被送往仙台市郊位於苦竹的大型陸軍兵工廠工作。當然已有多數男學生應召上戰場。但還是有部分男生留下來，也有人是在工廠中服勤時收到召集令。總之，那種緊迫絕望的景況，絕非現在可以想像的。在艱困的環境中，我們好不容易撐了過來。所有人都沒死也算是不幸中的大幸。

終於和平到來，但戰爭結束到畢業之間的一年，物質條件至為艱難，我們一邊奔走尋找住所和保存糧食，一邊完成畢業論文。昭和二十一年（一九四六年）

九月二十六日，除了有病在身而休學一年的一位同學外，所有人都順利畢業。而那位晚一年畢業的友人，後來卻在京都早我們一步去世，令大家為之痛惜。

空襲滿三十年時，當年的八個人重回記憶中的仙台聚首，重溫舊誼（大家各自都有聯絡，可是全體集合是第一次），緬懷畢業之後的漫長歲月。不久之後，大學實施新制，舊東北帝大的女性就學史便在我們手上告終，頗有開拓先鋒的末代子孫之感。多年來的艱苦歲月說也說不盡，於是有人提議以後定期開同學會，幾年就開一次，並且以各同學所在的據點為中心來一次大集合，舉辦一直到今天。

平成三年（一九九一年）夏天，不知第幾期的同學會（不知為何取名為「晚夏會」）由我當召集人，在京都舉行。而那一天，我特地選在祇園祭期間。

雖然我本就出生在京都，但嚴格來說，我並不是京都人。我父親出身兵庫縣，我母親籍貫是和歌山，但他們都在大阪出生長大。兩人結婚之後住在京都，才生了我。如果依照一般的觀點，得在京都住上三代才叫京都人的話，那我絕非正統的京都人。而且我只在南座裏住一陣了，之後在南禪寺住了幾年，又在向日町建了自己的家，這一住到現在也約莫住了六十年，因此祇園祭並非在我生活領域之內的節日。幼年時我對祭典的記憶，是南禪寺時代附近神社（神社的名字已經不可考）的祭典。我只記得拿著有生以來母親第一次給我的五錢銅板買了花枝乾，然後快樂的沉浸在外層黏答答的蜜汁中，接著又去買了冰淇淋，滿足的享受了一頓。

對於祇園祭，最初我一直抱著淡漠無關的態度，可能因為我就職的大學在下鴨，反而對五月十五日的葵祭②大感興趣。我相當喜歡這個和王朝有較深淵源

---

①─宵山：指主祭前一夜的祭典。尤其是指京都祇園祭。

②─葵祭：與祇園祭、時代祭並稱京都三大祭。不同的是，葵祭為官祭，後兩祭則由京都市井百姓所舉行。葵祭起源很早，約在西元六世紀中，當時日本正值平安朝，因連年歉收，瘟疫橫行，天皇遣使至上賀茂和下鴨兩神社舉行拜神禮。葵祭因遊行時所有衣物或動物身上都以葵葉為裝飾，故得此名。

1月15日
三十三間堂　射長箭

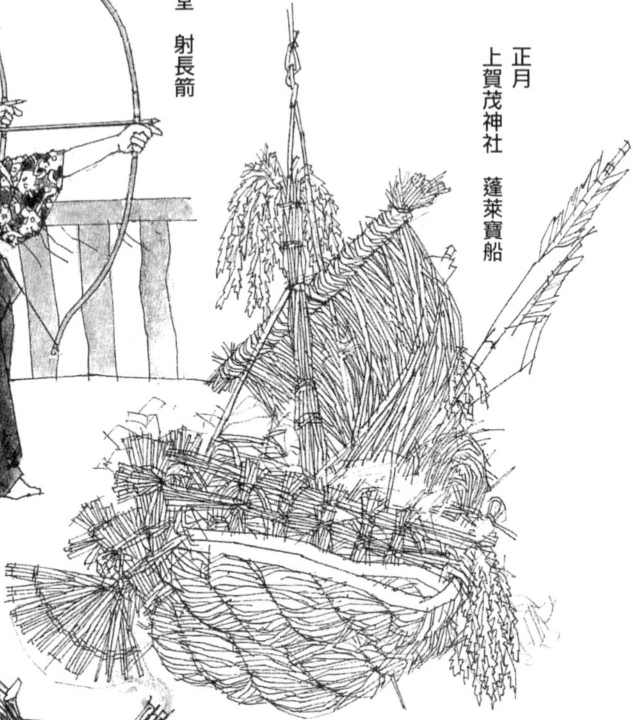

正月
上賀茂神社　蓬萊寶船

2月3～4日
千本釋迦堂　阿龜（多福）神節

2月4日
節分追儺式（驅鬼除厄）　盧山寺

4月第二個星期天 今宮神社 安樂祭

5月15日 葵祭 齋王代

2月23日 醍醐寺 五大力尊仁王會大力王比賽

6月10日 伏見稻荷 御田植祭（插秧祭典）

8月25日
吉祥院天滿宮
六齋念佛舞

6月20日
鞍馬的伐竹會式

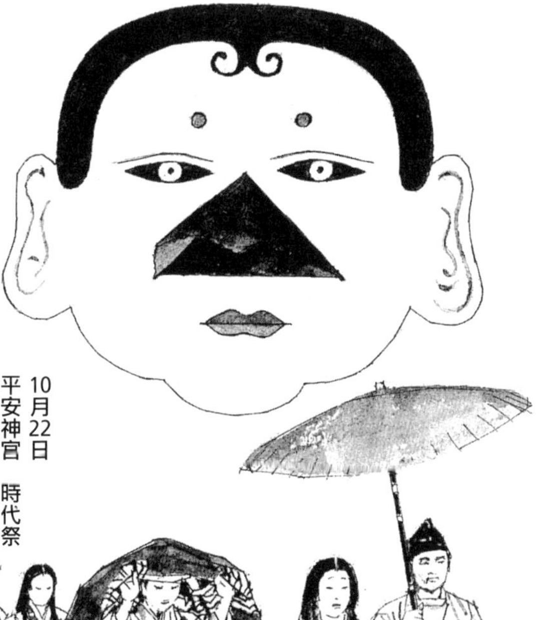

10月10日　廣隆寺　牛祭
摩陀羅神的面具

10月22日
平安神宮　時代祭

京都的祭典。京都人每年都舉辦各種形形色色有趣的祭典。像是鞍馬寺的和尚賣力伐竹比賽；六齋念佛時華麗的倒立、時代祭靜默遊行的女人行列，以及千本釋迦堂的阿龜神。

的祭典。在讀專科的時代，文科的教育課程把這個祭典編入教學，一年級在下鴨神社，二年級參加遊行，三年級在上賀茂神社等處實地見習，還上過研究官職、儀式、裝束等知識學問的老師的課，當時打下了基礎。大學時第三堂課結束後，走出北大路通，正好遊行行列在下鴨神社過完冗長的早上，即將從賀茂川北大路橋前面經過，然後右轉朝上賀茂神社前進，就在這時讓我撞見了。遊行隊伍大都累垮了，尤其是戴著眼鏡的打工學生，全都筋疲力盡的拖著步子走，十分有趣。然而，齋王③所乘坐的華麗轎子，在京都的大路上搖啊晃的前進，真是優雅極了。這個高尚內斂的祭典在氣候和暖的新綠時節舉行，更是充滿了「京都」的風情。

然而祇園祭卻是截然不同的一種風貌。若以比喻來說，葵祭是繡有優雅圖案、在京都町內流動的衣帶；而祇園祭則以一座屹然而立，卻有點晃動的塔，在與葵祭活動不同的區域內，以一種特別強調的熱鬧，一邊遊行，一邊讓京都喧騰歡鬧。

現在因為祭典漸趨觀光化，所以這兩大祭都會經過御池通，以便讓所有觀光客都能看到，其實本來兩個祭典的性質是完全不同的。葵祭是由神佛使者從御所出發行進到賀茂神社。相對之下，祇園祭的源起雖然同樣溯及平安朝，但在中世④地方百姓的努力之下，儀典形態曾比現代的模式更具動感，呈現出熱鬧非凡的風貌，雖說它曾一度沒落，但地方民眾所湧現的氣魄，在今日仍然鼓舞著人心。可以說，這兩大祭典宛如道出了京都歷史的兩大面向。

我家並不算是京都在地人，所以本來我們只以第三者的立場來看待這兩大祭典。尤其祇園祭是在出梅之後汗水淋漓的季節舉行，容易出汗的我，光是看就

---

③—齋王：是代替先皇侍奉賀茂神社祭典的女官。由天皇的未婚皇女（內親王）或女王擔任。這項祭典在二次大戰末期中斷。一九五三年重新舉辦時，由另選的民間女子代替齋王，故名齋王代。

④—中世：指鎌倉和室町幕府時代，約為西元一一八五至一五七三年。

一身汗。在四条通或河原町通觀看山鉾遊行時，又悶又熱，實在沒有興趣特意走一趟去欣賞。不過，當京都還不像現在特地會集全國民眾觀賞，一切充滿了「順其自然」的風味時，幾次偶遇的祇園祭，都在我心中留下了深刻長遠的印象。有一次是由西向東行進在四条通上的鉾車，轉南走向寺町準備回到自己所屬的町時。鉾車搖搖晃晃的走入小巷，車與房屋距離之近，連鉾車屋頂的人都可以把驅邪粽子分送給二樓窗邊的人，高大的山車屹立不搖，如此貼近的前進給人極為震撼的效果。霎時，我彷彿從中窺見遙遠昔日的那股動能，因而大為感動。

另一次是舍弟獲得傅爾布萊特獎學金，即將赴美留學的前夕（昭和二十八年，即一九五三年）。我們一同到河原町三条附近的餐廳吃惜別晚餐，在回家的路上，正好遇上所謂的「後祭」⑤。不管是葵祭或祇園祭，因為都包含祭神等儀式，所花的時間都相當長，各需要花上一個月時間。祇園祭後祭遊行的行列中，會有很多嬌豔女子，還有美麗的裝飾，把夜晚的市街裝點得熠熠生輝。那是我們第一次看到後祭，加上受到新聞報導的影響，以為山鉾巡行後整個祭典就已經結束了，所以一家人全都瞪圓了眼睛，一面讚嘆著：「哇！真是太漂亮、太了不起了！」一面在心裡體驗著家中一人即將前往美國生活四年的寂寥況味。

直到最近，我才完全與祭典絕緣。然而我鑽研領域的是日本中世語言，我發現縱觀整個歷史，日本中世和世界各國一樣，充滿了趣味而生動的特性。簡單來說，這段歷史可說是一個非常「有趣」的時代。父親所研究的英語文學世界，也絕非「黑暗時代」，每當我有機會和父親談論到這一點，他就會說「喜樂的英國」，這令我不禁聯想到日本的狀況也是一樣的。

然後，最難忘的夏天來臨了。一九八九年，好友難得從東京來訪，正好是祇園祭宵山和巡行日。八月末是京都市長選舉，我因為跟選舉沾上一點邊，所以對某個人特別關注。那人是新町通某座山車的總幹事，通常總幹事會穿著漂亮的「裃服」⑥站在祇園祭的山車或鉾車前後，所以也穿著非常適合他高大身材的袴服走在行列中。而他正是某陣營的市長候選人。

此人並非生於京都，只是就讀京都大學時住在京都，和我父親類似。經過長年的教職生活後，面對當時出現令人瞠目的大資本「毀鎮」計畫，他義不容辭的站出來倡議京都市容保護運動。他住在新町蛸藥師區，而「南觀音山」⑦的山車正屬於他那個區。

「毀鎮」的狀況正急速的惡化中，在各種毒辣手段破壞下，從前京都風味十足的市町景象，一眨眼全都變成一無所有的空地，然後大都準備蓋成相當高樓層的大廈。於是京都各地區紛紛高舉反對大廈建設的居民運動。而前面介紹的那位先生，曾是住所周邊該運動的指導者。他成為搶救前鋒，努力使京都不至遭到破壞的毒手，後來便有許多熱愛京都的人士推舉他出來角逐京都市長。

我想從他在祇園祭扮演的角色來觀察他——這個希望有點無禮，不過我運氣很好，找到一個絕佳位置。河原町三条的皇家飯店特意在二樓準備了一個觀賞席。從沒將祭典從頭到尾好好欣賞一遍的我，當時和東京友人一同獲得該觀賞席的招待，第一次好整以暇的花了三個小時，將緩慢通過眼前的山鉾巡行好好的看了一遍。而前一天晚上，我也和那位朋友到好幾個位置欣賞宵山的活動。

遊行行列簡直就是精采的動態美術工藝展。我翻閱著說明手冊，出動我腦中僅存的微薄常識，玩得快樂極了。不過，一旦看過一次之後，就很容易陷入無法滿足的心境。明年，我一定要想辦法再看一次——我在心裡暗自下了決定。

---

⑤—後祭：七月十七日到二十四日為祇園祭的「前祭」。前祭時，巡行的鉾車或山車會有數台一同行進，十分壯觀。但二十四日之後的「後祭」只有山車遊行，景象便寂寥不少，所以後祭一詞也引申為錯過時機、追悔莫及之意。

⑥—袴服：指的是男用和服。分為上面的無袖肩衣和下面的袴子兩部分，肩衣的肩膀部位做得特別大而硬挺，此為其特徵。這是江戶時代武士的官服、庶民的禮服。

⑦—南觀音山：三十二座山車中有北觀音山和南觀音山兩座，南觀音山為巡行中最後壓陣的山車。兩座山車上皆有楊柳觀音像，據說北觀音山的觀音像是男性，南觀音山的則是女性。

⑪──祇園祭宵山。擠滿大街小巷的男女老少。漫步在街頭時，感覺好像走進現實中的非現實世界；被喧天歡聲弄得頭昏腦脹的我，突然有種異樣的感覺。

第二年夏天又來臨了。我還是瞄準飯店為目標，可是每家都說早已預約客滿了。一年之間情況有了變化，上次我看的時候可以說是在最後期限前趕上，才不過一年全都變了。哎呀，這可怎麼辦才好？這年，我還盤算著將本書的出版社，也就是草思社的工作人員和澤田畫師兩人變成祇園祭的「俘虜」，現在可怎麼實現這計畫呢？感謝老天爺在這時候給我送來了救星。她就是菊井淑子女士。她以前是我的學生，現在也是我隨時賴以為助的人。她本籍是滋賀縣，在京都，稱滋賀人為近江商人⑧，所以許多滋賀人在室町通附近都擁有大型店面。而他們是屬於鉾（鉾車）的區域，菊井便藉滋賀人之便，安排了一個完美的計畫，把觀宵山、巡行活動等都列了進去。

一九九〇年的夏天，我終於體驗到在飯店居高觀賞所無法享受到的祇園祭醍醐味。他們邀請客人加入、巧妙的讓我們融入祭典主角世

⑪——辻迴。這是祇園祭中最大的表演。集結各方智慧和力量，一面放煙火一面將巨大的鉾轉換方向。不知為什麼每年都看還是看不膩。

界的氣氛，在在吸引我全身投入。

首先是巡行日前一晚——宵山。就如同報紙和電視上經常提到的，數十萬人湧入四条通。每次都被推擠的人潮搞得疲憊不堪，最後總是嘆口氣放棄，然後打道回府。「宵山？我可不想再去了。」每當有人邀請我，我都敬謝不敏。

所以，這一次可以說是我再次向宵山挑戰了。想要欣賞一個沒有觀眾的安靜宵山活動，可以說是緣木求魚，所以我們這次避開四条通，採取一種在精不在多的欣賞方式。這種觀賞法我持續用了兩年，沒想到越看越上癮，看了還想再看，果真具有不可思議的魅力。大型的店家就在山車和鉾車經過的旁邊，這時候他

⑧—近江商人：近江是日本古代國名之一，即現在的滋賀縣。據說近江的商人都擅長買賣，因而得名。

們會無條件邀請有緣人進去坐坐。壽司捲、魚粉、魚板、四季豆等盛裝在小碟中，擺滿整桌，客人高高興興的一邊吃一邊還點了果汁或啤酒。我們心裡想「哎呀，怎麼這麼厚臉皮啊！」卻也心癢難耐的跟著一起坐下來享用了。我們就從那家店出發，跟著幾座山車和鉾車在町內繞圈子。還遇到菊井小姐的朋友，招待我們到他店裡，用些點心和冰茶消解疲勞。我這才慢慢體會到「原來這就是祭典啊」。

第二天巡行開始，緊張和快樂的情緒全都寫在鉾町每個人的臉上。各山車和鉾車裝飾物旁邊所販售的小東西也十分有意思。像每把扇子的花樣都不盡相同，粽子看起來似乎都一樣，但其上的裝飾品也各異其趣。引得愛花錢的我，忍不住也買了不少東西。

於是，極致的燦爛華麗便這樣充斥在京都市區直到深夜，祇園樂手的音樂和燈籠，讓眼耳都享受到極樂的氣氛。

不過對於這場聖典我也有一點微詞。只有在這時節，才有機會看到年輕人和小孩子穿著浴衣⑨上街。我記得母親最喜愛穿浴衣，卻討厭黃色或紅色的浴衣。她說那些顏色「不成體統」。我在當學生的時候，母親也給我買過浴衣，當時一律是藏青色和白色的組合，只以花樣來論高下。

雖然說時代變了，但我覺得要表現浴衣的清爽感，還是以藏青色和白色的組合為上，只有這樣才能凸顯圖案的大膽。換句話說，這是一種壓抑的美。

然而現在的浴衣有紅有黃，甚至還夾雜著紫色，看了令人窒熱不堪，而他們所光顧的攤販，則是戰後才有的賣香腸或漢堡的小店，嗆鼻的味道、丟滿腳邊的竹籤和紙屑，不禁令人興起「這麼髒，明天不知該怎麼辦」的感嘆。據說第二天一大早，就會有人到市街上清掃，但這工作可不輕鬆呢！

## 大太陽底下目瞪口呆看「辻迴」

到了十七日，我和朋友趕到四条室町附近搶好位子。雖然長刀鉾從烏丸通向東行，我們看不到，但除此之外，其他的巡行全部都能看見。山車九點出發，町內的緊張氣氛和嘈雜聲響幾乎可以傳達到參觀者的皮膚中了。

依我們所見，和祇園祭相關的人物大約可以分類如下。以鉾來說，就是坐在鉾車上的人。這些人包括彈奏樂器的樂師、照顧稚兒所乘坐的長刀鉾和稚兒的人，還有將鉾車和山車或扛或拖的人——他們可不是暗自使勁兒，而是得在眾目睽睽下用力前進；以及在地面上指揮拖曳手前進的人。扛住山車雖然較為簡單，但要拖拉巨大的鉾使之前進，需要極大的力量。所以拉曳繩十分長，而且也需要一大票大漢來拉。看著他們拉，連我都累得快喘起來了。最有趣的是坐在高鉾屋頂上的人，看起來像是站居高台坐鎮指揮一般。但是當山車轉入窄小的街道時，他們得小心的將快要擦撞到路燈杆的地方頂開撐住，任務可謂十分重大，而且也十分辛苦。

另外，還有一個雖不太顯著卻十分重要的儀式。現在祇園祭的路線與從前大為不同。從前山車不走河原町通或御池通，我還記得曾看過他們從四条通左轉到寺町。事實上每輛山鉾車都只走自己所屬的町區中心，換句話說，山車巡行到觀光用的河原町通或御池通，是這祭典自室町時代流傳久遠之後，十分晚近才有的事。反正，現在從四条通全都向左轉。但是山車要直角轉彎是件難度很高的事。車子用的不是汽車的輪胎，而是木製的大車輪。讓它「咯吱咯吱」的九十度轉彎，需要高超的技術。山車下放了很多砍平的青竹，要轉彎時，把竹子一塊接一塊的拉出來，熟練的配置在彎道上，然後潑上水，在眾人齊心合力的「嘿呀嘿呀」聲中，扭轉山車的方向。指導轉彎的人已經是個經驗老道的專家，旁邊的人群至少也都用足十二分精神，目不轉睛的守望著轉彎的情形，直到順利轉完方向，才一齊鼓掌叫好。

不論哪一輛山鉾車要走出哪一個町，都必須轉四次彎：迂迴。在眾人的熱烈注目下，第一個在極度緊

⑨—浴衣：夏季時穿著的簡式和服。

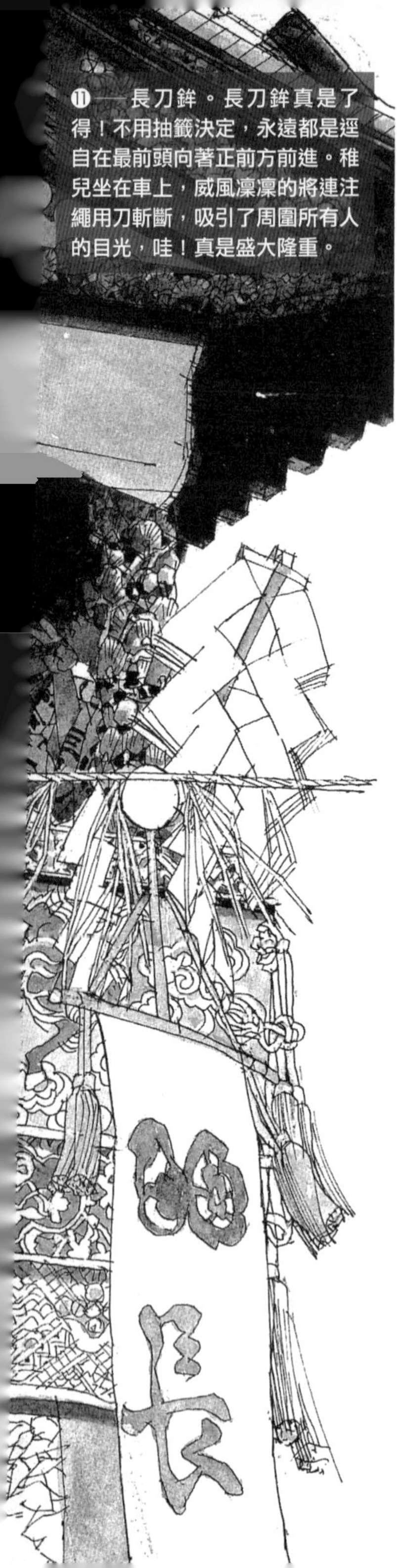

⑪——長刀鉾。長刀鉾真是了得！不用抽籤決定，永遠都是逕自在最前頭向著正前方前進。稚兒坐在車上，威風凜凜的將連注繩用刀斬斷，吸引了周圍所有人的目光，哇！真是盛大隆重。

張氣氛下隆重登場的，就是走在最前頭的長刀鉾在河原町四条的大轉彎。

有的時候我會有些怪想法。我覺得人類真是何等奇妙的動物啊！不知道這算是得還是失，在現在這種高科技主導下，科學發達已極盡精緻，甚至飛到太空的時代裡，竟然還有人在青竹上灑滿水，在出梅後的烈日暑氣中，揮著汗水拖拉著笨重而巨大的山車。大夥兒專注的提高聲量大喊，樂手們坐在搖搖晃晃的鉾車上一邊「噹咚鏘」的吹奏，全身已再次被汗水濕透。他們的辛苦雖令人嘉賞，可卻也是非做不可的差事。人類真是奇妙而美好啊！我再次體會到在這世上不可能只問合理性而活著。

總歸一句，我的心中充滿了期待和感動。在九點開始的巡行之前，全身就被一種無法言喻、七上八下的緊張所包圍。好了，就快開始了！我和友人跑向四条通時，胸中湧現了一種新的鼓動。我平時算是非常冷靜的人，但是這兩天興沖沖的跑來看祇園祭，我簡直就成了一個「祭典迷」。見九點之前還有點時間，走進一家大型咖啡店去，店裡已坐滿某個鉾町的幹事人等，人手一頂斗笠，身著袢服在喝冰咖啡。那模樣

⓫──右起分別為菊水鉾、蟷螂山、雞鉾、船鉾。隨著人們的叫喊聲，鉾車上的鉾散發著閃亮光芒，晃啊晃的慢慢行過櫛比鱗次的京都市中心。每座車都有不同的趣味。這便是居民眾志成城所打造的祇園祭。

令人莞爾。當中突然有熟人看到了我，向我招呼道：「啊，是老師啊，早啊！」這麼一句話真讓我興奮得如同浮在雲端一般。

這些幹事的差事著實辛苦。他們得將正式的袴服穿在身上，然後跟在自己町內的鉾車或山車後面行走至少三個小時。山車和鉾車雖然是祭典中最值得觀賞的主題，但是我個人卻特別喜歡看這些工作人員。尤其是前面也提到的南觀音山，當它巡行時，那位曾經兩度競選市長和京都府知事的先生，一臉毫不在意的表情，站在眾幹事的最前面，帶頭悠然步行。看到他如此投入，真是令我由衷敬佩。祇園祭如同一個螺栓，在他不平凡的人生當中占有一個明確的位置，思及此，其他人不也如此嗎？他們都各自擁有千變萬化的人生，卻也都將這一年一度的例行事務納入自己人生的一部分。

言歸正傳，巡行的行列未必都能順利的前進，經常會有壅塞暫停，或者前面的人還未起步，後面便撞上來的狀況。尤其是像「辻迴」時，會有一段不短的空檔，在先行鉾車完全轉完之前可有得等。此時行列一旦停住，跟在山車或鉾車旁的小車上立刻就「啪達啪達」的卸下幾把折疊椅，讓那些幹事坐下來等。甚至還有人乾脆偷懶躲到人行道的陰涼處去。看起來頗為滑稽。然而那些拖曳手卻連張椅子都沒有，一臉無奈又疲倦的呆站者，甚至有的累了就一屁股坐在馬路中間。那些拖曳手很多都是各大學體育社團的團員，來參加祭典是為自己社團籌措經費，算是一種打工方式。據說某座山車固定由某個大學的學生負責，雙方已經是一種常態的合作關係了。有人甚至畢業之後還跑來幫忙，雖說是項沉重的勞力工作，但也因此而更具有獨特的魅力吧！特別是這兩年拖曳手當中出現了不少外國面孔。身為日本京都祇園祭的重要的執行者之一，對那個人而言，想必會是一段美好的回憶。祭典果然是快樂有趣的事。

就在我們心裡為種種的感慨所填滿時，最後一座山車也通過了。於是我們不再停留在四条通和河原町通，而沿著南北向的新町通北上。這條街前一晚才因為宵山而達到熱鬧的顛峰，街道四周更因為很多山車和鉾車集中而人潮洶湧。但今天早上只剩下陽光照耀在山鉾車一出去便寂靜得不可思議的巷弄裡。我們一邊擦汗一邊走，途中經過前一晚關照過我們的店家，又不得不停下來。他們再次端出清涼的麥茶和滿滿一碟的點心招待我們。我們倆一邊走一邊休息，不久便到了御池通。往東一瞧，一眼就看到走在最前頭的長刀鉾車頂的金色裝飾。樂手們也奏起了「回程樂」，像是心急的催促著「回家吧回家吧」。御池通原是開闢作為戰備疏散道路使用，馬路又大又寬，兩邊還種了山毛櫸當作行道樹。於是許多看熱鬧的人都為自己找了個樹蔭，占了一方位置，或坐或蹲。因為所有的山鉾車從御池通西行後，都會在這條新町通左轉。新町通從古早以前就是一條小巷子，根本不可能容納太多觀眾，光是山鉾車走進此路就驚險萬分。從前，這條街的人都是從自家二樓觀看祭典。到了這裡，我和朋友暫時分道揚鑣，一個人左閃右躲的跟著鉾車一起走，準備再走回四条通去。我正好看到山鉾車回到自己町內，三兩下工夫就給解體了。每個人都會想：「哎呀，怎麼全散了？真是可惜啊！」仔細一想，這樣也好，再沒有任何留戀，宛如南柯一夢就這麼結束了。眾人臉上都帶著從夢中清醒的表情，拆卸五花八門的裝飾，取下屋頂，解開捲成一團的繩子，個個動作純熟又快速。終於結束了。我輕輕吐了口氣，茫茫然的緩步走回四条通，彷彿一切在瞬間煙消雲散一般，馬路上的巴士和計程車已經恢復通行了。不久前的亢奮激動全沒了蹤影。剎那間的夢幻完全結束。這是一場時間暫停將近三個小時的奇幻之祭。從開始到結束，祇園祭真的是內蘊濃厚呀。

## 危險和希望相抗衡的祇園祭

提到祇園祭，大概很多人會聯想起扛著神轎「嘿呀嘿呀」巡行的場面。可能有人會說：「祇園祭那玩意兒真是無聊透了，我們只能待在旁邊看，又不能一起扛神輿，一點都不好玩。」

說這種話的人其實是看不清楚祇園祭的本質。祇園祭的參加者是實際進行祭典活動的人，換句話說，那些人就相當於扛神轎的人。觀賞者本來就是未經他人允許自己跑去看的。說來祇園祭自古早以來，就不是一項以表演為目的的活動。這祭典是市井百姓從自己的生活中所衍生出來的，而我們只是趁便間接觀賞這場演出罷了。我想他們是不可能單純為了在大眾面前表演，而願意容許這麼偉大的浪費。只有在這祭典中，大家會保留固定形式，完全依據舊有的慣例進行。但似乎山車上的山，每年都會花費心思變化一些新的式樣。花樣之多甚至到了令人詫異的地步。但不管投下多少巨資，需要多大的勞力，一種不得不然的內在使命感，才是祇園祭的原點所在。而它，乃根植於生命的喜悅。

我用了不少篇幅來談祇園祭。單就祇園祭的種種，市面上已經有很多學術書或導覽書提過，所以我寫到這裡也就不再贅述。但是每當我提起對京都的回憶，就必須從祇園祭談起，這是有一點典故的。

說起來，祇園祭只是限於四条區內的一項區域性祭典，在京都還是有很多人跟這活動毫無關係。可是，為了看祇園祭而在京都市區繞過好幾回的我，每當聽到有關當地人如何再三努力的維護這項傳統時，就會覺得，呈現諸多現代問題的祇園祭本身，就是與京都逐漸蒙上的陰影相抗衡的市民上場表演的舞台。

在巡行途經的街道上，經常可以看到令人心中一揪的驚駭光景。許多應該是美麗商家毗連而立的地方，全都空空蕩蕩的不見了。這些地方還分為三種。一是改建成大廈。一是用籬笆或鋼板圍起來的空地；在形態上那便是所謂的管理地，土地前面立的招牌上寫著已屬於某某企業的名下。最後一種則是立體停車場；毫無情趣的詭異建築，宛如裸露在外的城市骨架。我真不懂這種東西為什麼會蓋在市街的正中心呢？那個溫暖的、溫柔的、快樂的市民營生，到底到哪裡去了呢？我越想只有越悲哀而已。

京都已經變成這個樣子了，祇園祭在這樣的市街還能存活下去嗎？事實上，我聽說擁有山車或鉾車的町，到了夜裡有些區域也成了無人巷。而大廈的出現，也使得支持祭典的那些居民逐漸消失。據聞有好幾個鉾町已經有過阻止大廈興建的經驗，或者現在正在抗爭中。

祇園祭確實是一場偉大的盛宴，規模之大在日本是屈指可數的。時間之長、人數之多、相關文化財產所呈現之精緻完美，每一物件都光芒閃耀，如同是個流動的美術館一般。

一個單純的觀光客，又怎麼能察覺祇園祭背後的苦處和煩惱呢？這些人都正走在一條危橋上。宵山的時候，我曾經在鉾町中個別開設銷售山車或鉾車相關商品的地方，遇見一個男人，說起話來尖酸得很。那副模樣明白寫著他是個自暴自棄的人。

他說：「這種差事做了又有什麼好處呢？對町內只是有害無益，以後還不知道會怎麼樣咧！」

難得節慶的氣氛正熱鬧著，他卻對前來選購扇子或粽子的人，炮火全開的盡說些掃興的話。

「真難為你了，請再多加把勁兒努力一下吧！」

我想說點安慰的話，但話一說出口連自己都覺得空泛，只好早早閃邊站去。那位大叔顯得無動於衷，想來這種檯面話似乎並不適用於每個人吧！也可以說，他已經是不抱希望，只是禮貌性的應酬客人罷了。那個人的眼中預見的是什麼樣的未來？我想恐怕是祇園祭照這樣一成不變的辦下去之後，十之八九即將敗落的結果吧！也就是「就快不行了啦」的意思吧！

這蕭瑟的未來樣貌，不只是那位大叔，在所有山鉾町或多或少都可以感受得到。若是今後任由京都市容遭到肆意破壞，那麼必然會招致祇園祭的破滅。我惴惴難安的一路走著，不知不覺背脊升起了一股寒意。

我們真能這麼放任不理嗎？有些町已經開始在努力了。像是南觀音山，前面提過的那位京都市長候選人，就因為在町公所任職，雖然衰敗的陰影一直在他眼前揮之不去，卻仍然幹勁十足。他們町裡的人共同營造出一個十分有趣的町，就算以後可能沒有祇園祭，那區域的規畫也會讓人想去散散步。他們對保護町區的存續，全都有著強烈的意識，盡全力去抵抗町區的崩壞。而這種保護意識旺盛的地方，對「山車」的維護也有一些新的看法。像是對於一如其他日本祭典，一切以男性為本位、男性優先，女性只能擔任幕後工作的祇園祭，他們也大聲呼籲唯有以更民主的方式，才能將祇園祭維持下去。女性應該有更多機會站在幕前，像是女人上到山鉾車上便會玷污山車、發生不祥的事等看法都應該拋棄。連樂手都應該讓女性加入，只有這樣，這個祭典的存續才會有新的展望。這些公開的倡議，我們也樂見其成。

為了這個緣由，我在本書的開頭一章寫下了祇園祭的種種。祇園祭隱含了京都所面臨的種種問題。它是京都過去、現在和未來的標的。而在這個時間點的祇園祭，京都危殆的局面與盡力對抗的希望，兩者還在拉鋸，未曾休止。

# 京都憶舊

清晨在西山丘陵挖的筍子。

## 消失的祇園石段下的八百文

京都有十之八九未曾遭受戰禍之害，但並不是百分之百沒有受害，京都也經歷過空襲。炸彈落在東山七条附近和西陣，造成相當嚴重的後果。我也聽說過受災戶的一些故事。其狀況之慘烈，與日本其他地方的受害者沒什麼兩樣。但是僅只於此，京都不像其他大都市那樣，受到一次又一次目標性的轟炸，所以也就被劃分為非戰災都市。

未曾遭到戰禍的京都——就如同大家所以為的那樣，的確度過了一段較為平穩的戰後歲月。四年前，我在《千年繁華》書中透過自己的生涯來思考京都生活的種種時，再次感受到一種踏實的心情。當然，日本全國在大戰後都經歷了一場激烈的變化，這對京都也造成了不小的影響，但京都仍舊是京都，京都大致上還能讓我們擁有值得信賴的美好生活。

《千年繁華》面市之後，許多人都愛上了書裡的京都。

但是，從那時一路走來的歲月，對京都來說卻是難以想像的嚴苛。京都各地的劇烈變化讓許多人為之心痛。大型建築的興建計畫、逼近風景區的大廈……以此一方式破壞市街的計畫和實際運作正加速進行著。

於是我心愛的店家、町區一個個消失了。出門一趟常常令我心驚。總是照管母親和我穿的草鞋的「雁屋」，關起大門不做生意已經很久了。向附近的人打聽之下，才知道老闆夫婦年紀都大了，已經相繼辭世。兩人看起來明明還不到那個年紀，卻走得這麼快。誰都會有這麼一天，但一般來說，尤其是在京都，都會有後繼者留下來。可能是子孫，或是店裡的掌櫃，總之會有人繼承店家。何況這家店不是一家尋常的、隨便的店。他們賣的都是上等貨，鞋繩穿洞的技術精巧不在話下，還有那位老闆娘總是店前店後的招呼，待人親切有禮……這樣的店卻在轉瞬間就關門了。

另一家老店位於醒目的位置，對我這樣年齡的人來說，那更是一家包含了太多懷念記憶的老舖，所以它的消失每每讓我覺得淒涼。那就是祇園石段下（這種說法對京都人來說是一種特別響亮的專有名詞）的「八百文」。

在我孩提時代的八百文，是一個光彩奪目的高尚地方。它位在四条通與東山通（東大路通）的叉口。位置特別好。店裡面擺著各式高級高價的水果。在我小時候，絕少有機會吃那裡賣的東西，一般都是在家附近的水果行應付了事。唯有遇到某人住進醫院，而那個人是我們誠心想要去探訪的，這時候就會到八百文去買禮品。我們家當時曾經去買來送人呢？還是讓人家送過禮？因為父母親都已過世，所以現在是問不到了。但提起八百文，我還是有些許記憶。我們壽岳家大病住院的紀錄，是昭和六年（一九三一年）的傷寒。母親、弟弟和父親相繼住進京都大學醫院。母親還曾瀕死，可說是已經到了極為危殆的地步，不過最後總算是撿回一條命。還記得當時跟我家很熟的南禪寺柴山全慶法師①，在我母親出院回家時來探望她，爽朗的笑著說：「太太腳還能走吧？」總算安穩的把母親接回家了。稍後才住院的父親，因為本來身體底子就好，所以恢復得很快，食欲尤其好，父親的看護是個能幹妥貼之人，她充分發揮當護士的經驗，父親想吃什麼，她都變得出來，甚至在醫院許可之前，要吃肉還是什麼別的，她都能做出來。父親喜歡吃水果，說不定她也從哪裡弄來別人探病送的八百文水果給父親吃呢！

那時候我父母都還年輕，才三十歲上下，生活還沒寬裕到隨時吃得起八百文的水果。不過父母都各有自己的工作，再加上柳宗悅先生②剛好偶爾來京都暫住，柳先生十分擔心壽岳家的情形，尤其他聽聞我家

①—柴山全慶：一八九五～一九七四，前臨濟宗南禪寺派掌門。為禪學宗師。

②—柳宗悅：一八八九～一九六一，大正、昭和時代的思想家。一九一〇年因認識英國陶藝家伯納德．李奇，從朝鮮的白磁中發現日常生活工藝品具有「使用之美」，因而開始推動日本民藝運動。後並設立日本民藝館。

三人病倒住在京大醫院，猜想我們經濟一定十分拮据，便到處為我們奔走。雖然只是我的臆測，但是當時柳夫人柳兼子女士已是有名的女低音聲樂家，也許她曾經派人送來八百文的水果禮品吧！

柳先生認為我們需要錢而努力奔走，將我父親撰寫關於威廉．布雷克③的論文集結成書，然後將賣書所得湊成一筆慰問金。柳先生還為這本書撰寫序文，那篇文章我父母熟得都會背了，我從他們口中聽了好多遍。序文的第一句是「年輕的學者是不可能有錢的」。似乎編成書之後，柳先生拜託了熟識的朋友輾轉賣出，最後好不容易攢得一點錢。

下面這段有點好笑。當然年輕的學者是不可能有錢的，但是家父家母一文不名的展開婚姻生活時，在潛心研究或創作之餘，倒還曾經努力的存過錢。憑著我幼時微少卻很確定的記憶，父親和母親都當過家庭教師，教過不少人。父親有相當長一段時間指導即將考高中的考生（當然是舊制），也教外國人學日語。而且在這段時間內，他不曾怠忽研究，在南禪寺僊壺庵（現在稱為「正的院」。是南禪寺老師父的隱居所，內有中、小房舍兩間，我們一家便在那裡住了六年）時代，父親出版了《布雷克與惠特曼》雜誌，與柳宗悅先生合辦了《威廉．布雷克書誌》，工作忙碌至極。而母親儘管只念完小學，後來進入女校念了一年半，但結婚之後，在父親的指導下，慢慢學會了一點英文基礎，甚至在南禪寺時代，還大膽的到京都府第一女高教授英語。

我在孩提時代看著父母如此勤奮的工作，一點也沒有想到他們是為了攢錢，還一味高興的覺得爸爸媽媽真偉大，竟然當那麼多人的老師。當時能進府一女高的都是好人家的家庭，他們常常到家庭教師的家中送禮。所以，我和弟弟兩個也得了好多可愛的玩具，並為此雀躍不已。那和今日大學生打工當家教是截然不同的氣氛。父親的家教工作，在我家從南禪寺搬到

---

③—威廉．布雷克：William Blake，一七五七～一八二七，英國著名詩人。

⓬——祇園。由白川巽橋望向四条通的方向。此地千百姿態的女人懷著千百種想法過日子，這讓祇園路上帶著「粉味」的靜謐更有種淒清之感。行人的跫音迴蕩在心中。

向日町之後還繼續進行著，和那些學生的家庭長年都有往來。父親教過的孩子的名字，我都還記得，而且他們大都按著自己的志願考上學校。「只要是壽岳文章教的學生絕對沒問題，他教書一定是一流的。」這種傳言不逕而走，絕妙的是，後來謝禮自然也就源源不絕的往家裡送了。

我雙親就這樣辛苦的工作著，一心惦記著要存點錢。關於這一點，我母親簡直是到了出神入化的地步。不但父親的書籍費用不虞匱乏，也從來沒讓我們孩子感覺家裡缺過錢。甚至我們還覺得家裡頗為豐足。只不過，當我準備進大都是富家子弟才能念的京都府立第一女高時，才稍稍發現朋友家裡和我家好像哪裡有點不一樣。不過，我家有我家特有的清高，光是這一點就足以令我自傲了。

在這種狀況下，柳先生為我家家計擔心的當下，雖然一家三口除了我之外全都因傷寒住院，但我母親還能一毛不少的付了醫院三千日元（在那個時代，三千日元可是筆大數目。一個月的薪水若能有一百日元就相當了不得，一千塊可以蓋棟房子了。順便一提，進女校時，我剛開始每十天的零用錢是五十錢，通稱「齒幣」一枚，一個月一日元五十錢，就可以湊合著用了），還在向日町買了新居的土地一百零三坪。不過蓋房子的錢卻沒了。母親臉色發青的把土地押給銀行做擔保，這才借得蓋房子的錢。父母兩人再度拚命工作，幾年之內就把債全部還清。母親常對我說：

「你們小孩子只曉得要搬到大房子，看到有自來水用就很高興，老是說些無憂無慮的話，但我心裡卻是偷偷的窮擔心。還跟你爸定了五年計畫，想能不能先跟銀行打個商量，我們五年就把錢還完，請他們多借一點給我們。」

這話母親對我說了不知多少遍。她還說：

「向銀行借建築資金的時候，我都快垮了，只見你父親『砰』的拍了拍胸口安慰我說：『放心吧，沒什麼好緊張的，好日子一定會到來的。』我心裡想，還好有你爸在。」

這像是附帶一提的話，卻是充滿了愛意。我們做

⓭──白川旁。有人在河上幫花嘴鴨蓋了個可愛的小房子，夏季，群鴨便在螢火蟲飛舞的清澈小溪裡嬉戲。溪邊垂柳帶來一片涼意，好一幅戲水圖。（古門前通白川上）

晚輩的聽得也很貼心。

真實的情況與柳先生的操心有一點距離。後來，他用鋒利的東京腔裝著驚訝的口吻嘆道：「沒想到，你身上還有幾個錢嘛！」柳先生說的話我也從父母口裡聽過無數遍。

這本《威廉．布雷克書誌》還有個有趣的後話。我進入京都府立大學奉職多年，快要邁入不惑之年的時候，一位農學部的教授來我的研究室造訪。這位教授我並不太熟，但是他父親與我父親曾有段時間是工作上的同事。現在東寺種智院大學的前身京都專校，出了不少有才氣的老師。名氣響噹噹的幾位全聚到了一塊兒。像是兼職的生物學家──會田雄次先生的父親，教經濟的谷本富博士等，俱是優秀、極有個性、逸事無數的學者，他們和父親都是多年老友。所以這些人就成了柳先生為《威廉．布雷克書誌》奔走時的主要推銷目標。來找我的這位教授，他的父親也是其中一位。當時教授竟然帶了書來送給我。這段對白頗令我有些尷尬。他說：

「這是你們家在困頓時候出版的書。」

都過了這麼多年，我總不能說：「唉，其實也沒有那麼糟，是某位仁君自以為是，才導致這樣的結果。」

於是「多話的章子」——我，也只好把話吞進肚子裡，滿懷謝意的領受道：

「這實在是……那太謝謝了。」

回到家把事情始末對父母親說了，三人一時都為之語塞。最後這本書當成禮物送給了父親唯一收為弟子的下屬。

故事在這兒到了尾聲，可是「八百文」這個固有名詞卻嵌入了我家歷史中，令人懷念不已。在京都土生土長的人，他們的家族史中應該或多或少會與這類老舖有些理不清的關係吧！

另一件我特別有感慨的回憶，是我進女校後所結交的一位好友。記得她曾說：「那個八百文哪，是我家的親戚呢！」

我這位朋友是清水坂大戶人家的小姐。有一次去她家玩，那房子真是大得嚇人。當我快步走進她們家的大玄關，讓她領著為我介紹時，她突然指著前面說，我們到那邊的玄關去。也就是還有個內玄關。原來大宅院可以有好幾個玄關，我到那時才知道的。這一切把我驚得人都傻了。我們還在她家的大院子裡玩辦家家酒。既然是如此大戶的人家，那麼和八百文有親戚關係，我便頗能領會了。那位同學性情溫柔，臉蛋清雅秀麗，她在說她家和八百文的關係時，沒有一絲驕氣，是一個性格很討人喜愛的女孩。即便畢業之後，她仍是個令我難以忘懷的人。記得有個星期天，她和另外一位同學來我家做客。這在我的舊作《逝去的難忘日子》（我的女學生時代日記選粹，大月書店刊行）裡曾有仔細的記載。我們家與她家差距頗大，對我家來說，八百文如同高嶺之花，但她在我家卻十分自在，接過我母親做的三明治和果汁，吃得很盡興。

戰後，八百文和我家之間的距離突然拉近了不少。每當圓山的野外音樂堂有各種集會時，我必定會

⑭——南座。重建的南座美侖美奐，光彩耀目。外觀如昔，內在卻是「超」摩登。京都市町是這樣需要它。傍晚時分，招牌亮起，京都人為之蕩漾。它是京都時光的製造者。

⑮──八坂塔通往清水寺的坡道。一步一登高，不知不覺就到了清水寺。坡道兩側的家屋悄然，有種格調高雅的風情。沒有鋪張的霸氣，反而頗具節制之美。

⑯──往高台寺的路上。這是條奇妙的道路，我從孩提時代就一直這麼覺得。寺院和趣味的店家宛如拉開畫軸中的畫一般排列著。這是我心中的故鄉道路。（左邊山上就是高台寺）

⑰——南禪寺水路閣。禪宗大本山的南禪寺，蕭瑟的靜謐中沉浸著一股明治時代的氣息。紅磚鋪成的水道，那笨重感自然得宛如自始至終都一直在這裡。這也是真正的京都。

先到八百文買兩三種甜美的水果帶回家。

「這可是八百文的呢！」我高聲的宣告，然後與父母分享。

八百文的二樓是時髦的水果甜品屋。我經常和朋友約在那裡吃吃喝喝。而八百文走進我生活中的時節，鎮日都輕飄飄的。

不過沒多久，戰爭結束後的八百文似乎有點烏雲罩頂。另外，也出現了一些可稱之為「新興」的水果行與八百文相抗衡。戰後至今近五十年間，父親或母親數度住進醫院的時候，也不只一回收到八百文之外的慰問水果。連我自己，也漸漸比較喜歡去寺町二条轉角，著名作家梶井基次郎在〈檸檬〉一文中所提到的「八百卯」。

於是，八百文終於消失了。它可以說是京都改變的象徵。不只是做草鞋的雁屋，或是賣水果的八百文，其他一定還有很多悲哀悽涼的故事在各地發生。

京都的確是籠罩在陰影中一點一滴的改變著。就算再不願意，也不得不承認這一點。對那逝去的歷史，我們懷著深深的思念垂首低迴，那裡確實有些什麼牽絆著我們的心。

## 清潔的心店、醬菜店「竹田」

有個地方我每個月都要去開一次會。它位在衣棚通夷川上，是在中京區，也就是京都的正中央。在烏丸通稍偏西側，丸太町通稍偏南側之處。離京都新聞社、京都御所、京都府廳和商工會議所等地都很近；搭地下鐵的話從丸太町站出來走五分鐘左右就到了。會議大都是傍晚六點半開始，所以過了五點半再從家裡出發也來得及。

這條路到了傍晚就更顯僻靜。讓人很難想像它位於京都的正中心。寧靜的店面、住宅櫛比相鄰，沒有拔地而起的大樓，在這路上走著，心中有種放輕鬆柔和的感覺。從竹屋町通走向西，到了與衣棚通交叉的十字路口處我就要左轉，但在那個轉角，我發現了一家非常精緻的醬菜店。剛開始，因為也有其他相熟的

⑱——老工具店。京都人看到這等光景別說是驚訝了，根本就是把它當作尋常的街景，全然的包容下來。京都什麼景象沒有？這還不算什麼。京都可不只是有精緻高級的料亭呢！（東大路三条下西側）

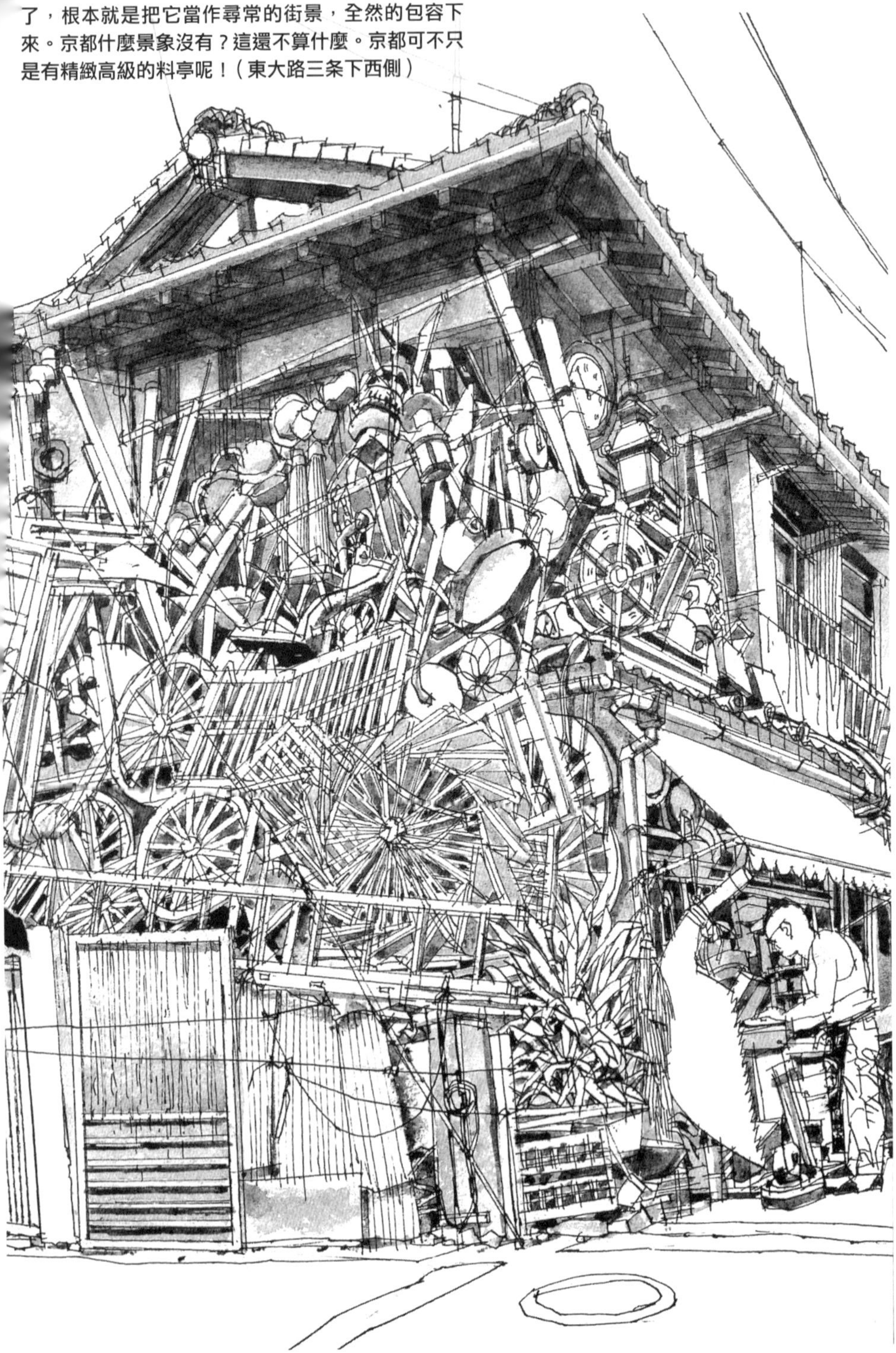

店，並不是非得在這裡買不可，便按捺著過而不入。但是他們有樣東西實在太吸引我了，我終於拉開門走了進去。由於它位在轉角，兩面都有玻璃門，門口還擺了一隻大花瓶。簡潔宜人。因為太乾淨了，剛開始我還以為這家店是像土產店那樣，從什麼地方進貨來賣的。它完全沒有一般自家直接生產的醬菜店裡那種特有的——雖然那並沒有什麼不好——像是米糠掉滿地或地板總是濕答答的感覺，真的非常乾爽潔淨。

販賣的醬菜都用塑膠袋分裝成小袋，整齊的擺好，看起來真令人食欲大增。我選了三四樣，試著向他們搭訕幾句。原來這些都是他們自己做的。後來我又買了他們的招牌醬菜回家，是蘿蔔醃柴魚，非常好吃。

我是個醬菜迷。曾聽過世的母親說起，那時節在娘家鄉下，和日本幾乎所有家庭一樣——包括大都市的家庭——都會自己醃製大量的蘿蔔和白菜。據說還會調整鹽的用量，做為淺漬和久漬之別，以便不同的季節都可以取出食用。

說起往事就回味不已的母親，因為是家中長女，所以也幫忙家裡醃過醬菜，可是她自己有了家庭之後，就沒再做過了。母親太忙碌了，她是父親工作上完美的助手。仔細一想，先父從年輕時候就著手編撰精美的私版書籍，和柳宗悅先生合編《布雷克與惠特曼》之後，又編了布雷克的《無染之歌》、《無明之歌》、《繪本唐吉訶德》、《紙漉村旅日記》等數本私版書，通稱為「向日庵版」。這些書絕非父親一人之力就可以完成的。一定得彼此相愛、同心合意的兩人一起合作，才能完成。而母親為一本書所花的心力可說是難以計數的。更何況一開始她也要擔任家庭教師，後來雖然把家教工作交給父親，卻又著手翻譯工作，家事的分量也不像現在，可以說非常之多。衣服洗了得用板子拉緊上漿，再用竹串拉直衣服的皺摺；洗衣、做飯、照料兩個孩子……而我父親，跟世俗的丈夫比起來，他算是極少數會常幫忙做家事的人。但是母親還是比較辛勞。因此，家中似乎從他們婚後就不曾大量醃製蘿蔔或白菜了。話雖如此，每到初夏到初秋之際，我們家都少不了「淺漬」（米糠漬的另一種稱呼。在京都又叫 dobotsuke 或是 odobotsuke）。這種醬菜以茄子或小黃瓜為主要材料。不過，母親死後，父親也學著母親的口吻說：「現在的青菜跟從前不一樣嘍！尤其是茄子皮硬得多，很難吃啊！」想想從前，茄子真是又軟又好吃。特別像是山科茄因為沒兩天就會腐爛，只在產地附近才買得到，自然能做出又軟又好吃的米糠漬。

加上父親的牙齒爛得很嚴重。他這毛病是在翻譯但丁的《神曲》期間，因工作辛勞而犯下的。照理說應該在治療牙齒的時候，趁機做個義齒就好了，可是他片刻光陰都捨不得浪費，全用在翻譯上了，所以耽誤了治療牙齒的時機。後來終於完成畢生大作，卻也已近遲暮，手腳都已經難聽使喚。要上樓梯的診所他去不得，好不容易找到在一樓看診的醫生，可惜也只治療了下排牙；上排牙本來說第二年就要開始做，可是他還等不到就走了。所幸雖然只治療了一半，還是讓父親舒服了一點。長期以來，為了配合父親的牙，常常令我提心吊膽。不論做什麼菜，都得要煮得軟了又軟，爛了又爛。絕不能還保有一絲爽脆感。不論是菠菜還是四季豆，都要燙熟煮到糊爛為止。而且各類蔬果，為了父親的緣故也都要切成細末。肉則不管什麼肉都要做成絞肉。偶爾吃一點牛排，也是把菲力牛肉再切成五釐米見方的小塊。白飯得煮得像稀飯，當然淺漬醬菜也一律切成細末。有時做到一半，茄子就變了色，這時候雖然心裡著急但也是沒辦法的事。

只是對於米糠漬，比起母親還在世的時候，我現在更能懷著專注的心意去做。為了增加糠的活性，不會帶有酸酸的、米糠味噌的怪味，我會在新糠中添加表飛鳴和黃芥末粉，適當的混合入味，然後早晚仔細的、耐心的不斷來回攪拌。把它當作「我可愛的米糠味噌寶貝」，這樣就可以做出美味好吃的醬菜。小黃瓜和茄子是基本配備外，還有南瓜、白瓜、高麗菜、蘿蔔、胡蘿蔔。蘿蔔和胡蘿蔔雖然父親咬不動，不過我把它切成細末之後，父親多少都會嚐一點。

不過，最晚五月中旬之後到十月中旬之間，就得在上面鋪一層鹽，封到來年才能再打開。這段時間，就只好到比較吸引我的醬菜店，選幾樣少量的應時醬菜回家。而「竹田」就是其中一家。

一般來說，京都的醬菜店特別多。每個町區一定都有。像我常去光顧的祇園新橋附近的「近清」，有一次我站在店門口，正努力想說服他們把我買的「千枚漬」④送到家的時候，幾個看起來像鄰近的高級料理店和茶屋的人，進到店裡交替的選了好多種醬菜，並且每種都只挑了一點。嗯，一定是給客人用的吧。

④—千枚漬：用聖護院的大頭菜切成薄片，在四斗樽中放入昆布和鹽、味醂，細心控制溫濕度，仔細熟成的醃菜。

⑲—竹田的醬菜。醬菜真是一種讓人回味無窮的東西。不但吃起來美味，一旦入畫就宛如一幅印染畫。看了令人生憐，便更加好吃了。（竹屋町通衣棚角）

我想像那些年輕的料理師傅，穿著高腳木屐喀嗒喀嗒的走到客人面前，或許會有這樣的對話。

「喂，這個千枚漬啊，特別好吃哩！」

「哦，是嗎，我們是跟近清買的哩。」

（老實說，我就是經由這樣的對話，才知道近清這家店。）

所以京都的醬菜店，並非只是主婦偷懶時的代打，應該說它領略京女的心意後，化身為京女為我們醃漬醬菜。這個時節最有趣的，就是不僅是一般人所謂的老舖或是宣傳力一流的著名醬菜店，甚至連口味好吃的小店也都大增。若是有人送來醬菜當禮物，常常就會冒出這樣的讚嘆：「這醬菜實在好吃，哪裡買的？」我甚至能篤定的說，比起高級華麗的醬菜店，這些店更加充滿了精緻的美味。而且這種店在整個京都市內到處都有，對我們來說真是一件幸運的事。

就是這個緣故，我又認識了「竹田」這家店。多次光顧問，隻字片語的交談下，我開始深深愛上這家店。老闆看起來還很年輕，一點也不像人稱的「醬菜店歐吉桑」，若要形容的話，不如說他像那種打著領帶的上班族，一身打扮竟成了該店的招牌。他和熱絡又靈巧、看起來像老闆娘的那位女士是一對好搭檔，兩人一起經營這家店。

這家從父母繼承下來的醬菜店，一路經營得十分順利。據我每次津津有味聽來的故事得知，老闆在讀府立朱雀高中的時候，因為離家不遠，所以每天午休經常跑回家幫忙做生意。我不禁開始想像，眼前這個沉靜、經常若有所思的人念高中的時候會是什麼模樣？一定是個很帥的少年兄吧。……我陷入了更多的想像中。

我在府立大學執教鞭的時候，那時府立大學裡有很多來自京都公立高中的學生。我和他們後來也有少許接觸。他們別樹一幟，不同於一般的京大學生，其中有些人相當特立獨行。說好聽一點，是「京味」十足，他們是當時全國大力宣導的「高中三原則」（小學區制——一區一校、男女合校、綜合制）下的學生。這種原則讓每所高中各展其長，不按照學校好壞

⑳——西山丘陵一清早掘出來的筍。先是如同春天的寶寶一般小巧鮮嫩；沒多久就會長成和父母一般健壯的大竹；最後變成竹籃，成為寶寶的軟床。多麼美麗而功勞大呀——筍的一生。

的順序來排列，因此真的非常活潑、有生命力。小學區制的好處，就像這醬菜店老闆一樣，可以輕輕鬆鬆的往返於學校和家裡，而且這種高中出來的學生，和近來一味重視升學、要求不論「貓或杓子」⑤都必須上大學的高中出來的學生大不相同。「我要繼承家業，開一家最時髦的京都醬菜店。」每當我聽到有學生這麼說，心裡就充滿了暖意。

「我剛嫁過來的時候，正是澤庵漬⑥的全盛期，店門口的蘿蔔每天都堆得像山一樣高。」老闆娘饒富興味的說著。當然，現在澤庵漬還是相當重要的商品，但是環顧店裡的各色產品，同樣的蘿蔔可以做成各式各樣的醬菜，澤庵漬已經不是獨一無二的了。

再者，現在立志要經營醬菜店的年輕人都很用心。他們會將醬菜做成各種不同的口味，並且分裝成小袋，每一種看來都美味可口。不論是白菜或水菜，都貼心的降低了鹽分，可以說已經現代化了。

最後我終於有機會厚著臉皮請老闆帶我進入醃醬菜和貯藏的場所參觀。最令我感到敬佩的是，這些地方完全沒有濕漉漉或者長霉的情形，反而十分乾淨、整理得井井有條。他們都受過嚴謹的戰後教育，因而培養出這樣嚴整的做工，令人不禁油然生出信賴感。

雖然只是 爿小小的醬菜店，但或許就是因為店面小，所以裡裡外外都可見其用心之處。傍晚時分，我走進這間小店買了醬菜，然後就到隔壁的大樓開會，從晚上六點半開到八點半，然後再經過這家小店回家。那時候，小店已經熄燈打烊了。我默默的向他們說聲「辛苦了，明天請繼續努力吧」，然後緩緩走出烏丸通。這家醬菜店並沒有華麗耀眼的廣告看板，只是一家很不起眼的小店，但我特意稱呼它為「心店」，因為我想好好珍惜它。

京都各地，每年到了各節氣時，家家戶戶就會一起盛大的曬蘿蔔和白菜，彷彿是季節的風物詩一般。每當微寒的風向領口襲來，讓人察覺秋天已近，日夜也感到冷的寒意時，就是主婦們一同出來做醬菜的時候。跟我一樣住在郊外住宅區的許多家庭，也會認真的開始進行這項作業。雖然這工作我們家並沒有做，但是，每當我經過別人家時，仍會向他們招呼：「哎呀，您真是花工夫啊，這次肯定好吃呢！」

雖然我們那地方不像農村或是町區，自家都有大院子可供曝曬；但我們郊外人家會利用磚牆，把蘿蔔分兩半，然後日復一日的放在磚牆上曬乾。我看著看著就好像是自己晾曬的一般歡喜。

不過，我家附近原本有曬蘿蔔習慣的家庭，最近也幾乎都沒曬了。一察覺時竟然一家都沒有了。每家都有各自的原因。像是嗜好的變化（尤其是年輕人）、主婦年老已沒有體力再做醬菜，其中最嚴重的原因是家人人數減少。此外大型醬菜桶的存放空間也是個問題。

若將以上所述幾點歸納為內在的主要因素，那麼，另外還有一個外在的大原因。原本京都的千枚漬、酸莖漬、柴漬等，都是必須依賴專業醬菜店才能醃製完成的名品醬菜。家庭醬菜與這些專業醬菜的完美組合，才合力造就了京都人長年的醬菜歲月。但現在家庭應該處理的醬菜也已經全都交由專業店家來處理了，不是嗎？深深喜愛醬菜的京都人安心的將味覺交託給精良的醬菜店，於是醬菜店就越來越多了。而竹田也是其中的一家。

## 父親心愛的茶——三木蓬萊堂與竹村玉翠園

說到醬菜的搭配，就令人聯想到茶。說到京都的茶……那就是宇治茶了。

我父親只要一喝茶，就一定要喝茗茶。

平成四年（一九九二年）一月十六日早晨，雖然

⑤—貓或杓子：日本的俗語，意指不分範圍的各色人等。日本的宗教原就分為佛教和神道教兩個系統。佛門弟子稱之為「釋子」，即釋迦佛陀的弟子之意。釋子與杓子同音。神道教由神官負責，神官之長的繼承者稱之為「禰子」，因為禰字太難寫，而又與貓同音，所以後來就演變成「貓與杓子」這個俗語了。

⑥—澤庵漬：用自然曬乾的蘿蔔加上米糠和鹽，然後用石頭壓擠做成醬菜，據說是澤庵和尚發明的做法，所以稱為澤庵漬。

心裡早已有數，可父親還是無預警的驟然離開了人世。那是母親死後的第十一年。十一年間，父女兩人親密的一同生活，這段期間我們兩人是多麼的講究喝茶哩！父親死後，我除了三餐必要時，喝些粗的煎茶和番茶之外，幾乎就不太喝茶了。父親對於茶從何處購入十分挑剔。別人送來的禮越來越多，連茶葉也堆到不得不轉送給別人的地步。不過有一種茶父親肯定會放在手邊隨時泡來喝，那是九州八女的茶葉。在此之前，像是宇治茶、近江茶，尤其是信樂茶等，各種茶父親都相當愛喝。剛巧某人定期都會送來八女茶，父親一喝就上癮了。他先是喝八女，後來各種茗茶他都樂於品味。為了怕這些茶變質，我終於在廚房的冰箱之外，又買了一台小型的冷凍庫放在倉庫裡。拜此之賜，我們得以自在的品味各式茶飲了。

家人當中，父親所泡的茶最為好喝。泡茶的時候他總是慢條斯理、小心翼翼。泡煎茶的時候，他會先燙一燙杯，待熱水稍冷到達適溫時，再用手捏得滿滿一撮茶葉柔柔的燙開，然後靜靜的一一注入茶杯中。這工夫大約要花二十分鐘左右，但味道醇美，這樣的等待極有價值。即使母親在世的時候，只要父親在家，一定也是由父親來泡茶。

唉，我家的喝茶時光已不復歸來了。枝葉繁茂的藤架（這怪藤不知為何從不開花）將日蔭落在茶室桌子上，母親和我在桌邊就座，笨拙的把茶杯、茶葉罐和茶海準備好，然後專注的看著父親的手。我耐不住性子，便向父親催促道：「還沒好啊？」

「喝茶急不得。妳得不慌不忙的泡。若不這麼做，就算同樣的茶也不會好喝。」父親輕聲責備，我只得按捺住焦慮的心情，慢慢等待。

「嗯，好了。」

等到父親把一杯杯茶注滿放在我面前，這才微笑著開始品茶。一陣微苦湧進喉頭之後卻是一股寧靜的甘甜，令人心脾大開。

母親招待自己的客人時，似乎也會麻煩父親泡茶。不過這可能是因為每當母親帶著客人走入茶室時，父親便會不期然的出現，熱情的招呼著：「哎

㉑——三木蓬萊堂。有著不凡氣質的店。寺町通也仍保有不可思議的氣氛。（寺町四条上西）

呀，歡迎歡迎！」然後也不待人開口，便說：「那麼，讓我為你們泡茶吧。」

近日才剛過世的一位母親的好友，以前常來我家玩，所以也見過幾次面。在我母親過世後，她有次透露道：

「其實，每次我一到妳家，先生⑦就會說，『我家主人泡茶的工夫一流，我每次都請我們家主人泡給我喝呢。』於是文章先生……」

這話我乍聽草不覺得奇怪。雖然事實無誤，但母親在結婚之後，從沒用過「家主人」這個字眼，這部分應該代之以「文章」⑧二字才對。

母親過世後，父親和我相依為命，他對品茶的喜好與日俱增。有時我們兩人對飲，有時我外出，同事過來幫忙照顧父親，父親總是不厭其煩的泡茶。有時我有客人來訪，只要拜託父親，他一定會在茶室幫我

⑦—先生：這裡是說話者對作者母親的敬稱。
⑧—「文章」：作者父親的名字為壽岳文章。

們泡好茶，再由我端出去，向客人推薦。

「這是家父泡的，他泡的茶特別好喝，您請喝喝看！」

「哦？文章先生泡的茶！」

每當我這麼說時，對方大都會有這種驚訝的反應。有時候我也會請他們配點心吃。

後來不再有人送茶，或是未能向產地直接訂購時，愛茶的父親就會固定到一家茶舖去買自家用的茶。那是寺町四条往北，位於西側的「三木蓬萊堂」。當然，京都一定還有很多家銷售各式好茶的茶舖，但是蓬萊堂離我們常利用的電鐵站很近，往返便因此常去光顧。而且向來喜歡在店裡一邊逛一邊研究的父親，十分鍾意蓬萊堂的氣氛。

原本我家是沒有喝抹茶的習慣，也沒有鼓勵女兒家學習茶道的想法。一則因為父親和柳宗悅先生等人一同提倡民藝運動，因此對所謂的家元制度⑨，或是利休⑩以來茶道為人詬病之處頗有反感，因而並無太大興致進入那個世界。更加上我母親個人根本也沒有餘暇顧及那個世界。在那個為了家庭必須奮鬥打拚的女人自主時代，最後終於讓她萌發了將所謂「淑女才藝」排除在生活外的思想，也不打算讓我學習。不知是不是託此之福，我們家最喜歡吃美食，雖然不至於過著像相聲裡所說的，望著梅干流口水再吞一口飯的生活，但只要是華而不實的東西都不太歡迎。而且母親不太經得起咖啡因，在此因素推波助瀾之下，我家一向與抹茶無緣。

不過，不久前山陰有個對父親十分心儀的人。那人也做茶葉買賣，年底總會送一套抹茶、茶筅⑪、布巾過來。剛開始的時候，我們只能對著這套茶具乾瞪眼，雖然父女倆一籌莫展，完全不知道茶道的行事做法，但後來，陸續有人送來這種京都人人稱讚的抹茶，終於決定試它一試。總之，我們把它當作一種好喝的飲料，甚至愛上了它的味道。幸運的是，我家早先就有兩三個抹茶茶碗，老嫌它們占位子，那些好像還是河井寬次郎⑫的作品。後來，我們又收集了七、八個茶碗。

剛開始泡的抹茶根本就喝不下去，還好我的身邊有幾位不僅對抹茶頗有心得，甚至是宗師級的人物。

㉒——竹村玉翠園的老闆。一生寄情於茶葉的男人，豐富有趣。他說茶是他人生的朋友。（熊野神社東）

我向他們一一請教，然後每天學著煮，最後總算是勉強可以入口。

以前的時光真令人懷念啊。現在，有時我一個人拿起茶筅，就會想起父親還在的時候，經常會在早飯後泡抹茶的往事。「怎麼辦呢？今天別喝了吧。」他口裡雖然這麼唸著，可是當我說：「那我一個人喝好了。」然後拿出茶具、點心的時候，他又會過來拉拉我，伸出手說：「那，還是給我一杯吧！」如今，偶爾一個人煮茶，便不禁感時傷懷。更何況若是咖啡，只有一個人我便懶得弄，除非有訪客到，否則幾乎完全不泡咖啡。然而父親在的時候，只要我在家，下午就一定會煮茶來喝。

為此，抹茶消耗量頗大的我，兩個月就得進一次貨。於是去到三木蓬萊堂，也會順便買些尋常喝的玄

⑨—家元制度：日本傳統的武藝和技藝，各有流派的正統傳人，傳人不但擁有權威地位，並且繼承本家流派，使其武技不致流失。此風俗始於室町時代，到江戶時代發揚光大，例如書道、花道、茶道等都有家元制度。

⑩—利休：即千利休。為十六世紀的茶人。千家流茶道的開宗祖師。名與四郎，號宗易。他向武野紹鷗習茶，對茶具等特別有興趣，後來自成茶道，講究簡素、清淨。曾服侍戰國大將織田信長與豐臣秀吉。後因觸怒秀吉而自盡。

⑪—茶筅：泡抹茶時將抹茶打出泡沫的竹製工具。

⑫—河井寬次郎：一八九〇～一九六六，陶藝家，詩人。因採用中國朝鮮的古陶瓷手法，製作精緻的作品而聞名。後參與民藝運動，與柳宗悅等人為伍，風格轉變，極富變化，獲致國際相當高的評價。

③

②

①

⑥

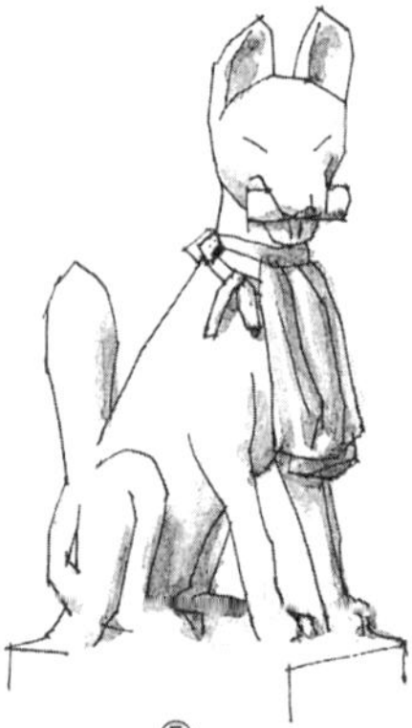

⑤

④

⑨

⑧

⑦

⑬

⑫

⑩

⑪

⑭

⑮

⑮

⑰

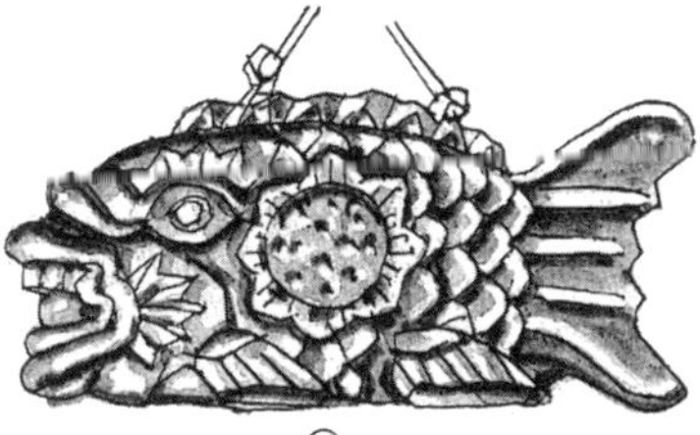
⑯

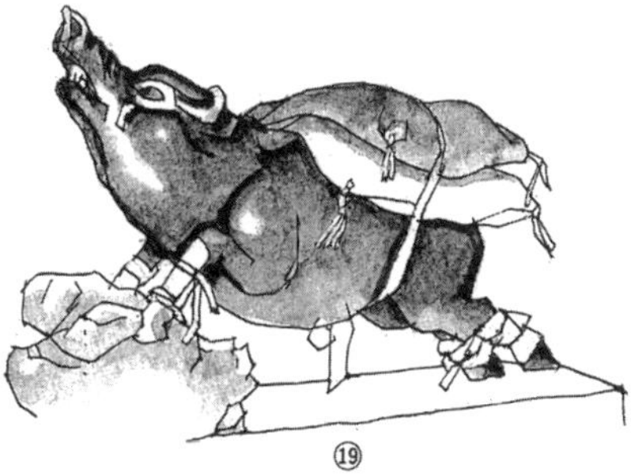
⑲

⑱

前頁 京都各地趣味盎然的各種動物。從人到青蛙、魚等，全都各自喜樂的獲得一個屬於自己的位置。將這些收集在一起，就彷彿進入一個高級的童話王國。日本人，尤其是京都人真是快活。

①河井寬次郎紀念館 ②菅大臣神社 ③鞍馬寺 ④伏見稻荷 ⑤五条堀川的稻荷 ⑥宗忠神社 ⑦東寺 ⑧竹村玉翠園 ⑨真敬寺 ⑩上賀茂的民家 ⑪東寺弘法市 ⑫寶鏡寺 ⑬空也寺 ⑭千本釋迦堂 ⑮傳道院 ⑯堀川御池的民家 ⑰長教寺 ⑱五条大橋 ⑲建仁寺

米茶。

蓬萊堂的店面古意盎然，充滿懷舊的風情。大型的茶箱或茶桶，令人聯想到中世的茶壺，以及在等待包裝時，送來用小白瓷碗裝的、氣味高雅的煎茶。店裡的伙計全都是一家人，所以默契極佳。我總是滿心讚嘆，這家人長得何等秀麗呀！他們也常常向我提起父親的往事。最令人窩心的就是店門前的奉茶了。享和年間開張的店，到現在據說也有一百八十年了。因為京大很多法文系的人來此買茶，只要亮出太宰施門或落合太郎老師的名號，他們便都知道，真不愧是京都的茶葉店。雖然寺町通的樣貌漸漸不同，變得華麗又熱鬧，但是這家店卻完全沒變。對我來說，它就像一間珍貴的休息所，我希望它永遠不變。

細細思量，我發現茶雖然對每個家庭而言是不可或缺的，但在京都卻具有更重要的地位。而且京都的抹茶消耗量應該相當多吧！不只是京都，我最近有機會到鳥取一遊，一天之內竟然喝了六杯之多。每到一處就有人捧出抹茶來。看這個態勢，我猜想他們應該也常飲抹茶吧！

若用「靜」來比喻三木蓬萊堂，那麼接下來我就來介紹一家代表「動」的茶屋。它位在熊野，是一家很「紮實」（這形容詞用得很怪，可是我確有所感），並且愉快的店。這又要提到店主的高中往事。「高中三原則」剛實施時，他就讀一所相當能發揮其校個性的高中——鴨沂高中。鴨沂高中是我所念的府立第一女高改制而成的高中。換句話說，這家「竹村玉翠園」的老闆是我的後學。再加上學校改名為鴨沂高中後，我因常去學生會或家長會參加演講，因而懷有特殊的情感。由於該校對憲法教育特別熱心，所以當附近立命館大學的末川博校長在任時，曾經延請末川教授擔任他們的憲法課老師。於是支持和平憲法的我，便常常受邀去演講，而我也樂此不疲。該校學生的素質優秀，眼睛總是閃著光輝專注聽著演講。這些事都好像昨天才發生一般歷歷在目。我有時給他們講《安妮的日記》，有時談到閱讀《夜與霧》⑬的感動。《夜與霧》是一位猶太心理學家在奧休維茲集中營克服煎熬的故事。但它並非一味的批判納粹就是該死，猶太人是多麼可憐，而是描述人在極限的狀態下，如何高貴的生存下來的故事。其中我最喜歡也最難忘的段落，是說到收容所中一棵樹的故事。荒涼的地獄中有一棵樹。人們從那棵樹得到希望。那棵樹筆直的挺立在夕陽中，它的壯麗，那嫩葉的清涼，讓奄奄一息的人從它身上得到生存的希望。我說到這個故事時學生都大為動容，之後有一個女學生還為此寫了一封文情並茂的信給我。

美好的時代，美好的學生。我非常喜歡我後學的學校，所以長野縣某家電視媒體來採訪京都的高中時，我特別推薦他們去鴨沂高中。學生會的幹部面對採訪時個個表現優秀，令電視台的工作人員咋舌不已，這些往事也頗值得懷念。

竹村茶店的店主也是從這所高中畢業的，聽他說好像在那裡度過了一段快樂的時光。活潑愉快的性格，配上茶的溫馨，每次到他店裡都得享片刻喜悅。

賣茶的店分為兩種。有一種是直接到茶葉生產地，憑著自己的感覺確認茶葉的品質進貨。另一種是從批發店買來的。竹村店當然是自己出去找的那種。竹村還告訴我，我的助手菊井小姐（菊井小姐就是在祇園祭幫我排活動的人，她是我的學生，現在則是我身邊非常重要的助埋）的母親對茶葉才真正具有好眼力（應該說好「鼻」力吧？）。「咦？您怎麼連這點都

⑬—《夜與霧》：奧地利心理醫師維克多．法蘭克著。從其自身的集中營經驗重新尋找人生意義的經典之作。中譯書名為《活出意義來》。

知道？」一問之下，才知竹村茶店的本家是在滋賀縣土山，和菊井小姐是同鄉。

從近江到京都來的人，大都在工商業關係上十分活絡，這家玉翠園也是一樣。他們家從祖父那一代就開始做茶葉生意，這可能是與宇治齊名的產茶地近江當地的風土習俗吧！菊井小姐的娘家在滋賀八日市，是一間大茶葉商的女兒。她母親不久前剛過世，是個身材纖細、脾氣溫和的人，我見過她好幾回，一點也看不出她對茶具有獨到的銳利眼光，擅長為店裡商品定出高下的能力。她總是靜靜的在屋後坐鎮，生意的事全交給掌櫃先生打理，因為是生長在一個母系家庭中，從小就開始一直身處在這樣的環境，「就算沒有什麼了不得的大事要處理，她也自然而然具備那種老闆娘的架勢。」菊井小姐說。看來茶的世界還真是有意思。

在茶行愉快的閒聊一陣後，我帶著抹茶和平時喝的番茶回家。兩種都是好茶，連挑剔的父親也點頭稱好。

故事不是這樣就結束了。過了約一個星期，我和在京都大學任教多年的國語學者阪倉篤義先生聚餐。阪倉先生詭異的笑著問道：

「壽岳女士正在做店家第二代的調查嗎？」

我大吃一驚。我確實有此意圖，在京都各地正開始打聽探訪，這雖是事實，可是阪倉先生為什麼會知道呢？

我表現出一臉驚訝。阪倉這才稍露口風：「是竹村……」真有趣，三木蓬萊堂是跟法文學者，或是像我父親這種英文學者很熟，而竹村玉翠園則是和國語國文學者很熟哪！原來是這麼回事。竹村茶行的店面本來就在京都大學附近，與吉田區的京大人熟稔自然也不足為奇吧。

京都大學的教授本來就有不少住在吉田、北白川、銀閣寺等附近。這也難怪會與賣茶的茶人結成深厚的關係，形成一種沙龍式的文化吧！這也是京都老舖的趣味面之一。雖然還不至於惡事傳千里，但若我稍稍弄點聲響，可能眨眼間就傳進眾人的耳朵裡了。

**㉓——北野的「天神爺」以及梅。白梅高貴，紅梅可愛。神和花都是宗教最高的象徵。**

京都情報社會的形成恐怕都是拜這些老舖之賜吧！這也是京都的一大特質。

我從以前就覺得，儘管京都是個有一百五十萬人口的大都市，卻仍然如室町時代和江戶時代一樣，隱然有一條「八卦」路徑，非常之有趣。它們以非大眾傳播式的流傳方式，悄悄的傳布著大家的一舉一動。偶爾也會覺得相當可怕，但換個角度想，那就是京都的氣氛。而且所傳的事情也並非無憑無據，大都是可以打包票保證的事實。這種流布形成了豐富的人脈，更重要的是，人與人之間得到了溫暖的交流。雖然口味有點辛辣，不過可想而知廣大的京都沙龍於焉形成。它不是扶輪會或獅子會，不用繳任何會費，只需符合一項資格，那就是京都人。而其中的幕後主角，說不定就是各式各樣的買賣人。

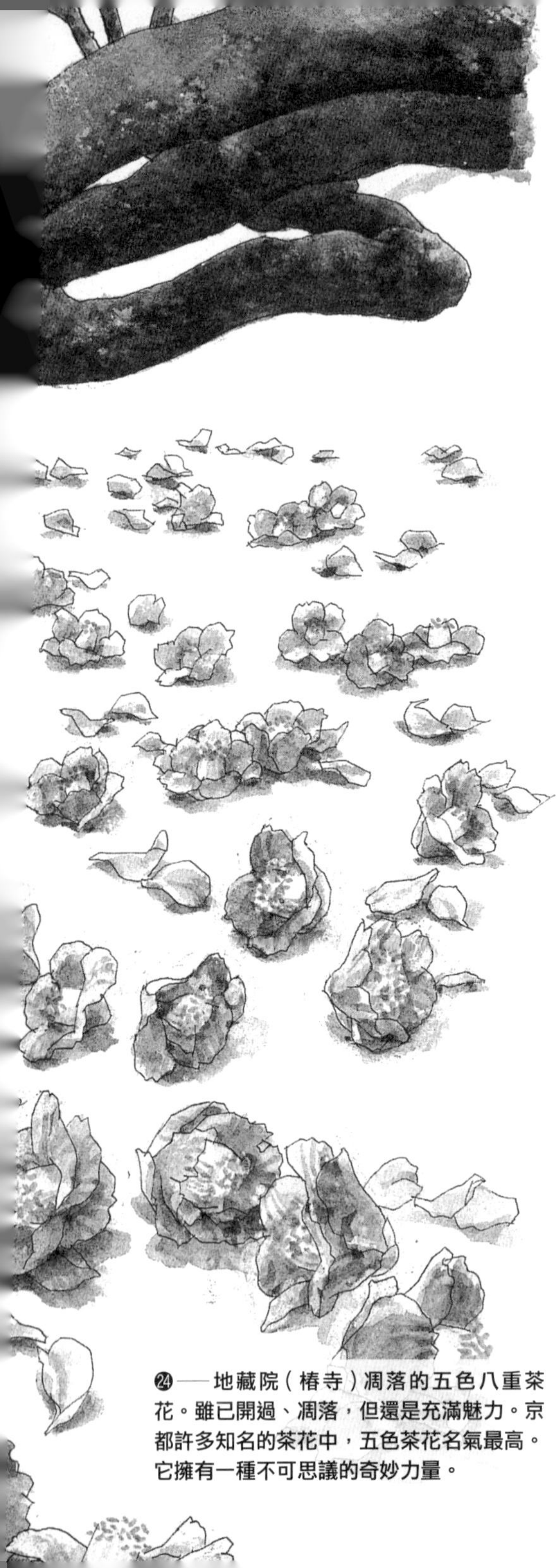

㉔──地藏院（椿寺）凋落的五色八重茶花。雖已開過、凋落，但還是充滿魅力。京都許多知名的茶花中，五色茶花名氣最高。它擁有一種不可思議的奇妙力量。

㉕——平野神社的八重櫻。當平野神社各種櫻花全都開了又謝了之後，八重櫻才以其濃豔之姿一重重的開出美麗的花。戰爭時這種櫻花全以櫻餅的姿態出現，令人傷神。只有和平的時候，櫻花才能以本身面貌出現，不可不珍視啊！

㉖——乙訓寺的牡丹。牡丹呀，你是否太過華麗了一點呢？那薄而透明的花瓣，每一重似乎都美得令人嗅出哀愁。清寂的乙訓寺，只有牡丹花開時，才能擁有這極致的華美。

## 多采多姿的京菓子世界——鼓月與老闆娘的氣魄

好了，說完了茶當然要說菓子。說起京菓子⑭，那可是全日本首屈一指的。

在京都住得越久越是覺得，京菓子這東西，其中奧祕真可說是無限深邃啊！我嗜吃甜點的顛峰，正好是在戰爭之中，也就是所謂甜食的饑餓時代。現在我身體的狀況又只允許吃一點點甜，甜食日積月累，已多到令人傷神的地步。想到那個甜食配給的時代（那還是狀況稍好的時節，每個月配給一次），真是恍如夢中。

說起京菓子，當然是有一些躲在布簾後面，靜默的準備茶席用主菓子的超高級菓子店。百貨公司裡絕對看不到他們的分店，幾乎也從不做宣傳，他們直接銷售到各技藝流派掌門那裡，而且只做少數幾人份的精緻糕點。店面也完全看不出是做糕餅生意的，只掛著一張布簾而已。在某次偶然的因緣際會下品嚐到這種精緻的糕點，才知道幸福竟然可以凝縮在一份糕點中。這種店恐怕在京都也不超過十家呢！

「我們做這種生意並不是為了賺錢。」這些話他們常掛在嘴上，而且絕非賭氣。初次聽見這話，還覺得他們「既然只做高檔貨，那麼有錢賺有什麼關係？真是跟自己過不去呀！」到了宣傳時代來臨，這種口耳相傳式的商業手腕反而深具魅力。他們為少數人細心手工精製只有蘊含心意的作品才有的美味。話雖如此，一份數百元日幣的糕點，可不是用來讓人兩三口吞下肚的，更何況全市一百五十萬人口也不可能每人都能隨意買到。因此大體上它可以算是少數人所特別享有的甜點。

---

⑭—京菓子：和菓子指的是日本的傳統甜點，而京菓子可以說是和菓子當中最具代表性的點心。由於京都以前是天皇御居所在，因此京菓子又比一般和菓子更為纖細，不論是色、味、形都必須擁有風雅的格調，後來因為茶道盛行，又伴隨著茶道衍生出茶菓子以及生菓子、煎餅等多種，其中喝濃茶時搭配的甜點叫做主菓子。

㉗——平安神宮的花菖蒲。清純美麗的菖蒲就像在守護著一步步踏著石階跨過水面而來的人。石頭雖為無機質但也自成其美，而菖蒲就是它的好夥伴。

㉘——祇園白川河畔的芙蓉。芙蓉二字之美正如其花。京都的夏日暑熱難耐，但因有此花而得享一時清涼。連花朵四周的空氣也都有股沁涼之氣呢。

㉙—大德寺芳春院的桔梗。膨大的花苞帶著溫柔，這花在芳春院的白砂地上接二連三綻放出芬芳的紫花，為曆上的秋日染上色彩。在這個頗有來歷的寺院中，這片花海更顯可愛。

京都雖然有這種高檔的店，但這個城市的優點就是，如果不想那麼高級，你還是能很容易找到較為平價但仍然好吃的店家。這種店的店面凝聚了所謂的京都風情，充滿了令旅人怦然心動的氣氛。而口味也確實一流。這些店依照招牌字號⑮的派系，可分為鶴屋系、若狹屋系、龜屋系、鎰屋系等，各有千秋。像是「俵屋」還有自己的資料館。而「虎屋」，則將威風堂堂的獨特感發揮得淋漓盡致。他們做的羊羹等固形甜點已經快成了店門的象徵，而且每種都取了極美的名字。

遊河、貴船之彩、夢想花、葛之初花、貰水、濡燕、水簾、竹影、嵯峨野之月、峰之松風、苔清水、保津峽……。每一家糕餅店在命名時總是搜索枯腸，繞著京都的地名、自然界等打轉，讓人「僅聞其名即念其滋味」。這已經不單純是在吃糕點了，連同十足的附加價值，也都一同吃下、悠遊玩味。

京都菓子店的世界極其寬廣。餅店系統⑯在其中也具有相當重要的地位。就如同我剛才所說的，我的青春時代是一段看不見前景的黑暗時代，那時節，位在桂區府立女專的學姊們，常給我們講些令人垂涎三尺的故事。當時還是遍地田園的桂區，有一間餅屋。它賣的桂饅頭⑰並非天天都有，有時候做了我們就去買，真的是非常好吃。地點就在離桂離宮很近的桂大橋橋頭。店名叫「中村軒」。

中村軒熬過了戰爭，到了戰後煥然一新。現在算起來應該是二十幾年前了吧，一位住在桂區的好友特地送來了中村軒的麥代餅⑱，真是令我大為感激。這種麻糬原是農村麥子收割的時候，當點心用的食物。折成兩折如紡錘狀的麻糬皮中，包了豆沙餡，外皮則

⑮—招牌字號：有些師父長年在某老店服務之後，自己出外開店，但仍沿用老字號。

⑯—餅店系統：日文漢字中的「餅」即指麻糬。

⑰—桂饅頭：日本所謂的饅頭，是包餡料的，鹹的包肉像是包子，甜的較小，內包豆沙，是甜點的一種。

⑱—麥代餅：從前農家下田時吃的點心，兩個一組，因為直接送到田裡，農人一時沒法給錢，就以麥子代替，因而稱為麥代餅。現在中村軒的麥代餅已有註冊商標。

灑上一點花生粉，頗富野趣。吃了一份之後，回家前就可省掉一餐，可謂極有價值的食品。我每次都仗著它好吃，便連連塞進口裡，後來就吃不下飯了，所以之後只要再吃到，我便不再一口氣吃完，而是切成小塊慢慢享用。因為風評太好，現在百貨公司裡也都有固定的攤位在販售。店裡的陳設仍留存著商店街茶室的風情。店裡還賣些什錦飯套餐，甜點的種類也增加不少，生意相當興隆。這一類的店很值得一探。另一種是寺廟門前的茶室，人稱「門前茶屋」，有名的甜點菓子也很多。

我很喜歡一種類似仙貝的點心，它叫做「唐板」。掂起來很輕，沒有甜膩的味道，烤得薄薄脆脆的，是一種以蕎麥粉所做的點心。以蕎麥粉為材料的，像是用模型做蕎麥餅的菓子店——尾張屋，它所做的蕎麥餅真的是既出名又好吃。我特別喜歡上御靈神社前的分店。人因害怕鬼靈而前來祭祀，在這種神社前開的店不用說一定特別好。

經常發表好詩的京都作家平野良子小姐，每週都在《京都民報》上發表一篇有關「門前菓子屋」的採訪文。已經有很長一段時間了，由此可見京都神社佛殿之多，因而靠寺社做生意的小吃店也不少。其中像北野神社前，甚至還有兩、三間。那附近有的店家高尚精緻，但有的店卻得冠上「不足道也」的形容詞。然而這種不足道的店裡居然也擺有好吃的名菓子，令我大為驚訝。京都，在這層意義上，可以說相當豐富蓬勃的。

再來說說另一種菓子店的故事吧。

京都是老舖之町。開張五十年左右還不能算是老店。有次我看到東京某家糕餅店的餅乾盒上，寫著昭和幾年創業的老舖，令我深感兩地的差異。這店若是在京都的話，「您說什麼？昭和開的店叫老舖呀？不管是在什麼戰前開張，在京都都不算什麼哪！」只能落到此等冷嘲熱諷的下場。我並沒有嘲笑之意。東京歸東京，老舖還是老舖，但那是在東京的老舖。

不過，有些人就是能忍耐京都人的這種風氣，一直堅持到現在。像是把「鼓月」一手撐起來的女人。

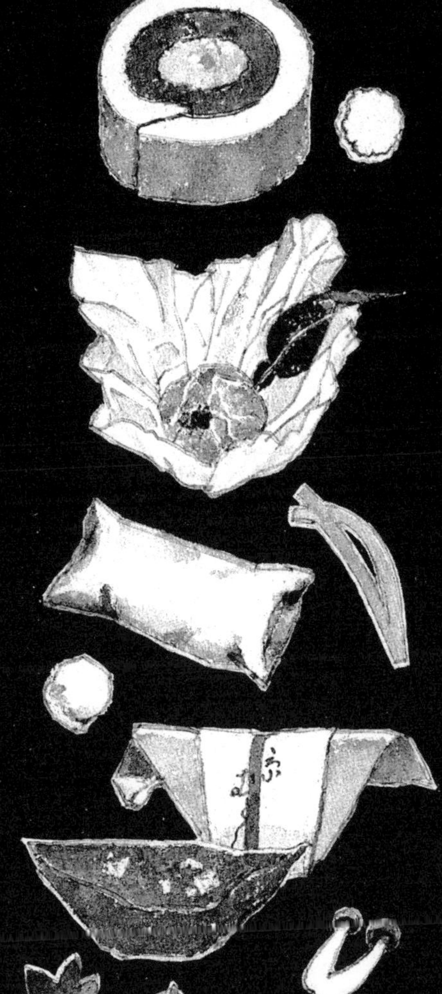

㉚──鼓月的和菓子。有半生的、也有風乾的菓乾。和菓子店面一下子就抓住你的視線，香味倒還在其次呢！當你越去探究和菓子越是發覺那個世界的深奧。再配以精緻的容器盛裝，宛如一個小宇宙。

她名叫中西美世。我和她並不是因為糕點結緣的。起初，我們是在京都女人從事的某些活動場合中，因為他人的介紹而展開交誼，這是我接觸鼓月的開始。她是位氣質高雅的女性，對於反對戰爭、支持和平的運動特別有共鳴。這也難怪，她的至親因戰爭而過世，只靠著沿街叫賣自製的洋菜凍等類似糕點，把她的遺腹子拉拔長大。她是有著這種過去的女人。

那是一段言語難以形容的艱苦歲月。聽到中西女士說起她的故事，我再次深深感到女人真是非常偉大。她剛開始接觸糕餅世界時，雖然生疏但卻十分認真，然後一步一步拓展她的世界。鼓月最有名的點心，首推一種略帶西點風味的自創糕點，叫做「華」。可能剛好也碰上潮流吧。之後，他們的新作品輩出，現在已經是不容忽視的大商家了。在京都府各地都設

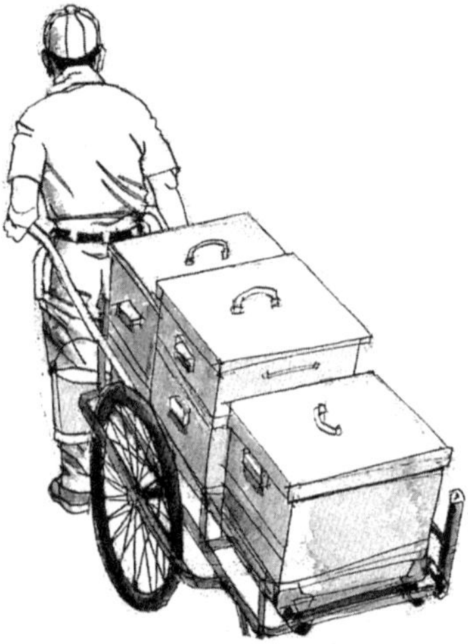

高野山

有分店。通路遍及全國。商品種類廣泛，像是西餅式的、仙貝、炸酥餅（okaki）等可久存的硬菓子，到品質細緻的生菓子，而且是可久存、味道酥脆的生菓子類，口味極多。他們用的包裝紙也十分華麗，然後以非常謹慎的態度為客人包裝。老闆娘是個很重情義的人，我一直和她保持著友誼，逢年過節也會收到她送的禮。

不過，鼓月在京都還無法列入糕餅老舖集團。中西女士說這行的規矩可是相當嚴格的呢！不過那也無所謂，在我看來，鼓月的地位已經十分重要。價格與味道取得平衡，並且賓客盡歡，這些原則鼓月都已經恪盡其責了。京都的好就是有各式各樣、形形色色的糕點，這樣一來大家都會更加努力，也都各自擁有存在的價值。

鼓月的總店位在舊二条通一直向西走到底的地方。我最喜歡從出世稲荷前沿著舊二条通漫步。聽我這麼說，你一定以為我熟悉舊二条通這條路很久了吧！其實我是最近才知道這條路的。雖然在京都生活了六十八年，卻未必能知道所有的路。有些路才剛走過一次，有些路則還沒有機會去，總之這裡的路多得很。只不過我向來對「舊」的事物特別感興趣。相對於舊，新的道路一定更寬大，現代所需的功能也更完備。但是舊的路，卻有一種難以言喻的歷史累積。

我會愛上舊二条，是因為有一次搭上一輛計程車，司機告訴我：

「若是這樣，那我們走舊二条吧，路雖然窄了點，卻可以直通那裡。」

當時我正從柳馬場蛸藥師附近，急著要去西大路，那是我第一次經過舊二条。「這條路真有意思啊！」我邊看邊大呼過癮。沒多久，鼓月的店面就在南側出現了，這令我更為驚訝，「哎呀！鼓月原來是開在這種地方？真是沒想到！」果然是鼓月的作風！

現在舊二条通商店比較多，我覺得它是一條可以讓人充分享受到京都樂趣的街道。它沒有所謂的精品店，或許可以看到委託行、雜貨舖，可是絕大多數還是食材食品店。有些像是百貨行一樣，在店頭擺滿了

**前頁** **在京都町區所遇見形形色色的人。他們並不是時代祭中的人物，而是實實在在生活在京都，在現實中占有一席之地；這些人在京都各個角落都可以找得到。他們各自過著京城的生活，卻又彼此緊緊相繫。**

各式醬菜和熟食，這種店逛起來最有意思。只要我看到這種店，不管是賣什麼都會想靠過去看一看。像是一點點豆腐皮、醬菜……。

「這東西可好吃了！是我們家裡自己做的喲。」

穿著圍裙的老闆娘招呼起生意十分麻利。最令我怦然心動的，是那裡躍動著一股不經意流露出的、真正健康的生活方式。這條街真的沒有一絲多餘的做作。跨出步子往西再往西，到了鼓月站定。哈！鼓月，這裡就是總店啊！氣派的店面令我暗暗驚訝。但想起老闆娘的辛酸奮鬥史卻又感慨萬千。此店並非開在京都的正中心，像是御所附近。老闆娘不選在那種地點，而在一個稍偏的地方開這家糕餅舖，那股氣魄我似乎能夠領悟。現在這裡已經成了堂堂的大商家，甚至還在伏見設了工廠。捨棄上流京都人的根據地，而選擇這個打動庶民心靈的地點，對鼓月、對中西美世女士的氣魄而言，真的是再適合不過了。

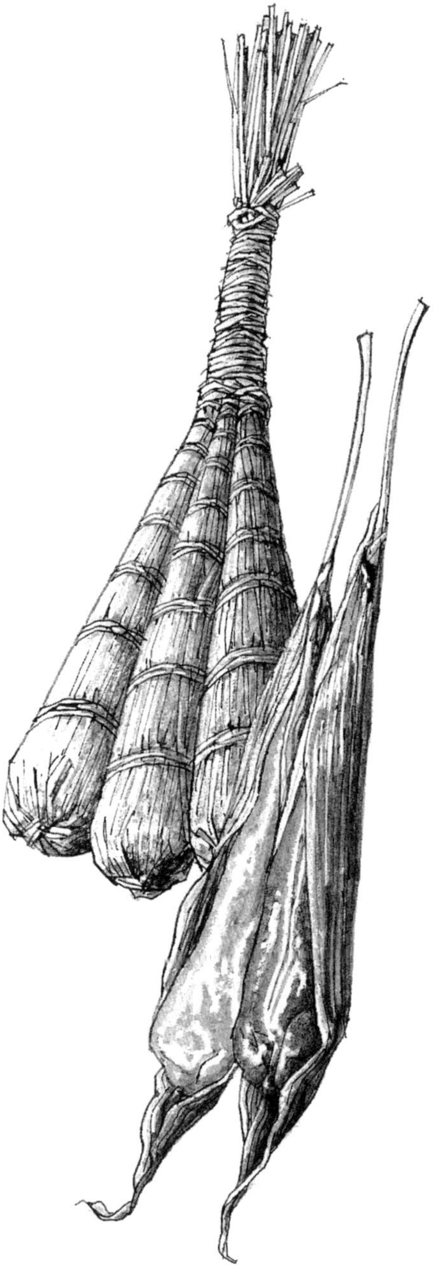

㉛──道喜粽。一手提起，掂一掂道喜粽有多重。就如同字面的意思──有老舖那麼重。只不過是個粽子！竟然有這種粽子！包法如此緊密，不留絲毫縫隙，果真做得完美極了。當這個小小的東西放進思想中，就是文化了。

## 川端道喜的粽子和越後屋的卡斯特拉蛋糕

總而言之，京都的糕餅店形形色色又具有多樣性。每一種我都喜歡。每一家店都有故事。而且在這樣艱難的時局中，他們全都努力的展現豐富的個性，並且生存下去。

老舖也有很多故事。不久前，比我年少就過世的前一代川端道喜先生⑲，他就是位令人懷念的風趣之人。他並不是那種把生命全部投入糕點的人，還寫了好幾本書，我也跟他有過數面之緣。他曾經拿著先父翻譯的但丁《神曲》來索取作者簽名，所以我從他那兒聽了不少故事。

道喜是屬於「餅」系統的糕餅店，背負著一段很長很長、與京都御所相關連的歷史。順道一提，經常進出御所的家族很多，像我的一位律師朋友久米弘子女士就說：

「我們家最近要做兩百五十年忌了。」

看我驚得目瞪口呆的樣子，她又加了一句：「還有人做三百年忌的呢！」這也難怪。據說他們家到她祖父之前都是在御所侍奉的。她這麼一說，不禁讓我聯想起川端道喜那種風格的家，但是久米女士的家，以前是為御所中的池塘建造浮舟的店家。不過我有點納悶，就算御所再大，也不可能放得下一個湖吧？感覺上很優雅就是了，那跟我們家浴室裡的玩具塑膠小船應該是天差地別吧，一想起來不禁嘆了口氣。總而言之，「川端道喜」也是那樣的家門。他們家天天向御所進奉晨餅，所經過的宮門還叫做道喜門，現在御所裡還好好保存著呢，十分有趣。

「早上的餅還沒呈上來嗎？」

有一次他跟我提起年幼的天皇餓著肚子等吃早餐的故事，那時候的皇室，不同於遷居東京後的皇室，那個明治以後被日本國內諸多問題，尤其是國家擴張政策所圍繞的皇室；也不是從軍慰安婦瞠目咧嘴哭喊著「要在天皇面前說說自己那悲慘青春」時，那個成為眾人憎恨對象的舊憲法時代的天皇。那時候大家稱呼天皇為「天皇爺」，如同住在隔壁的鄰居一般，而負責天皇每日飲食生活的，就是川端道喜。

那家道喜，現在則以長年有售的粽子為著名的主要商品。百貨公司裡也有販賣，但經常都只擺著一塊「今日已售完」的牌子。因為若沒在百貨公司一開門就進去是買不到的，有些人氣不過，似乎還傳出道喜「太神氣、端架子」的批評。不過簡要來說，就是他們家的粽子一定是百分百手工製作，所以數量有限，幾乎是立刻就賣完了。

直到最近，我們在某個地方聚會，幹事先生說當天是節慶，準備了粽子作為茶點。各人的小桌前都擺上一只粽子。我的手還沒碰到那只粽子，綁在粽葉上的藺草繩就這麼「叭啦」一聲的鬆開了。短短的藺草繩只打了個極為簡單的結，所以從在店裡買好運送到會場，再分配到每張桌上的過程中就自動鬆開了。裡面的粽料因為與粽葉黏得很緊，即使草繩鬆開了，粽子也沒有散掉，只是形狀有點變。霎時，道喜的粽子略過心頭。「我買到川端道喜的粽子了。」每當家人得意洋洋拿著粽子回來，全家就馬上聚攏來嚐粽子。拿了一只特地裝在漂亮竹盆裡的道喜粽，為了想快點嚐到，即刻開始拆藺草繩，可是繩子綁得極其紮實，怎麼解就是解不開。不禁懊喪的嘆道：「哎呀，真是的。不但包得緊，還好像黏了什麼似的。」好不容易解開來，才露出餡料。不過川端道喜的粽子得從藺草繩的綁法開始欣賞——尤其和那個剛送上桌就鬆開的粽子相比，我越覺得如此。

從聚會回到家，我特地找出以前吃道喜粽後留下來的一條藺草繩，把它拉直試著量一量。結果竟然有兩公尺長。而那條很快就鬆開的藺草繩不過才四、五十公分而已。

道喜粽的身價高出人家一大截。不過那價值除了粽體本身之外，還包含了精挑細選的藺草繩所展示的世界。（這種藺草繩現在已經很難找了，甚至成為川

⑲—川端道喜：京都著名的餅家。川端道喜為該店世世代代世襲的名稱，所以有前後代之別。

端家苦惱的原因，而且包粽子的粽葉也漸漸稀少。粽葉和蘭草象徵著瀕臨危機的大自然，也正是道喜粽賴以生存的東西。）

除了道喜粽之外，我還曾連續兩年品嚐到道喜家的「花瓣餅」。那是一段有點滑稽的回憶。一開始是這樣的。我們家是父女倆一起生活，歲末年關的前夕，突然有人送來兩個花瓣餅。花瓣餅是使用宮中做新年賀歲料理時所使用的麻糬皮，再加入味噌餡做成的糕點。這種點心在年關將近時最為風行，京都的糕餅店幾乎每家都有擺。各家口味稍有不同，麻糬皮和餡的黏著度也各有差異。比較各家的口味也頗有意思。從歲暮到年初的時節，一定都有賣。我父親非常愛吃花瓣餅，所以我會今天在這家店買，改天換家店買，然後擺在被爐裡面等待可以吃的時刻。

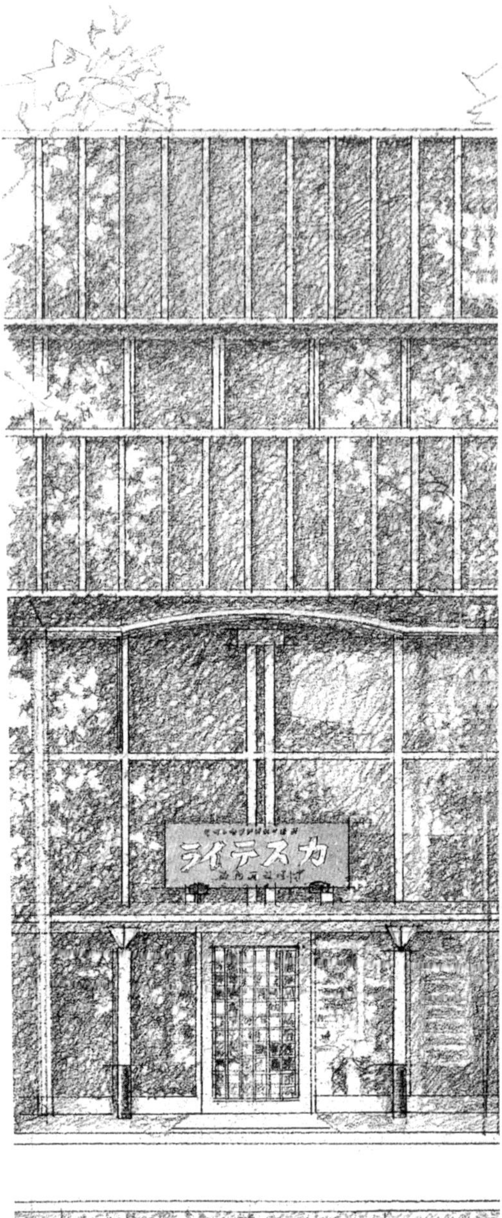


**㉜——賣卡斯特拉蛋糕的越後屋，才剛改裝完成。卡斯特拉蛋糕的香味微微飄散在空氣中。人們經過時都低聲竊語道：「哎，這家店真精緻啊，咱們進去買點東西再走吧！」（烏丸二条南）**

最近，連東京似乎都在販售貌似花瓣餅的點心。我還沒有品嚐過，味道不知如何呢。我特別挑出來說是有原因的。我曾經吃過大阪極有名的糕餅店所做的花瓣餅。它只是模樣長得像，但裡面包的卻是普通的白豆餡（就白豆餡麻糬來說是不難吃），一點兒都沒有味噌味兒。就連鄰近京都的大阪都做成這樣，更何況是東京呢……這可能是京都人的傲慢吧。

再回頭說說道喜的花瓣餅。那是我和父親長久以來第一次吃到道喜的花瓣餅。由於這種餅一向是在新年茶會時享用，我認為我們家也不應該免俗。於是興沖沖的泡了茶，父女倆一起端起花瓣餅，也不顧吃相難看就大口咬下。說時遲那時快，餅中的味噌餡軟糊糊的流了出來。哇！這下子可真是措手不及，一陣混亂，一會兒拿布來擦衣褲，一會兒清理桌子等的……

「就算是道喜家做的，這也太奇怪了吧！」父親笑著說。

「對呀。這麼一搞在茶宴上豈不狼狽。和服的袖子全完啦！」後來乾脆直接問問川端道喜。

「那餅的餡真是好吃極了，可是這麼做不打緊嗎？」

「是啊，那就是花瓣餅。」

「可是要怎麼吃呢？一咬下去就稀糊糊的。」

「用宣紙端著吃就行了。」

原來如此。一般糕餅店的花瓣餅，雖然好吃，可是形狀都稍有變化。第二年，我們又一次吃到川端道喜的花瓣餅，這次父親準備好了宣紙，便不會再流得到處都是了。父親已經遠去，下次再吃花瓣餅，我可能會邊吃邊掉淚吧。老舖的故事總會令人湧出許多感慨。那位道喜先生也是年紀比我輕就過世了。現在是兒子繼承家業，正在奮鬥中。道喜先生寫的書裡面提到，有時候也會做壞的。

「不能再做一遍嗎？真浪費啊！」

我盡說些討人厭的話，道喜只是笑，又說：

「在那種時候，我老爸一氣之下就會把失敗作品黏在牆壁上。」

竟然這樣！我大感驚訝。不過我猜他應該不會再透露這般沒品的事吧。

說起糕餅，並不只是和菓子而已，京都人當中洋派人士也不在少數，所以像卡斯特拉蛋糕⑳也有相當悠久的歷史。

記得好像是很早以前，我曾聽父母說起「越後屋」的卡斯特拉蛋糕。實際上，越後屋的卡斯特拉蛋糕和我家也是淵源已久。

當然卡斯特拉蛋糕店本來就多，有些是全國級的大廠家，也有些是像長崎「福砂屋」那種正宗老店。京都也有相當多糕餅店製作這款蛋糕，各有各的擁護者。說起味道並不是天差地別，也不像所謂的西式糕點那樣，以卡斯特拉蛋糕為底，再加上各式各樣的材料來區別口味，原本它就是十分單純的東西，所以應該不太費工就可以做得很像樣了。然而不知為何每家店的口味還是各有千秋。

家父家母兩人都喜歡吃卡斯特拉蛋糕。尤其是母親。戰爭中，別說是越後屋，就連相似的也不可能吃得到。那時候，母親寫了〈卡斯特拉蛋糕是我的夢想〉一文，父親相熟的英文學者看到了，那時他住在丹波小鎮㉑，就趁著稍微有空的時候，去買了卡斯特拉蛋糕，特地來找家拜訪。

「我把您夫人的夢想帶來了。」

母親開心得像個少女似的樂不可支。後來就像個值得懷念的故事一再的說給我聽：

「他竟然說把夢想帶來了呢。」

那位先生名叫荻田庄五郎。數十年前這段美好緣分的當事者雖然盡皆過世，但彼此的親人直到現在都還保持著密切的聯絡。

有一段時間，我對卡斯特拉蛋糕很反感。那是在母親六十歲前夕，當時她因為靜脈瘤破裂，再次陷入垂死的危機，驚動了不少親朋好友，於是收到了一大堆卡斯特拉蛋糕，搞得我連看一眼都想吐。

不過，對晚年身體漸漸變得孱弱的父親來說，卡斯特拉蛋糕算是非常方便進食的一種食物。他尤其喜歡切下一片後，在上面倒下數滴白蘭地，然後配著紅茶或咖啡慢慢享用；把蛋糕放進口中的時候，表情都會變得柔和。生在明治年間，在大正浪漫時期度過青春時光的父親，卡斯特拉蛋糕可說是和他最相配的糕點了。他和母親之間的回憶尤其深刻。父親總是沉默少言的一邊欣賞著庭院嫩葉，一邊吃著蛋糕，這卡斯特拉蛋糕必然是他的「時令點心」吧！

父親一向稱讚越後屋的蛋糕「爽口、口味高雅」，而越後屋如今仍安然健在。它位於烏丸二条附近西側，最近店面也翻修了。室內以黑色為基調，設計典雅，格調脫俗。主力的產品還是卡斯特拉蛋糕。不過加了一點變化，店面陳列了好幾種口味。但終究還是卡斯特拉蛋糕店。店老闆已經不算年輕了，不過相貌堂堂、體型魁梧，聽說曾經是京都名門私立大學的橄欖球校隊，一見之下果然名副其實。由於我定期性的會去那附近，所以有一陣子我常到他們店裡。他們的西式餅乾很美味。再加上二樓裝潢成精緻餐廳，常讓我大飽口福。如今大廚走了，二樓餐廳也關門了，然而少主人帶著年輕勃發的從商之心，正要向這個方向挑戰哩！

「如果請到好的廚師，請再度開張吧。」

曾經抱著球馳騁在球場的店老闆，一邊聽著我的請求，一邊站在充滿甜膩香味的工作場中做著漂亮的卡斯特拉蛋糕。他揉過麵粉、倒入滿滿的各種材料，然後裝在模子裡放進烤箱烘烤。我們聞得喉頭直嚥口水，脹大了鼻翼，眼睛直盯著從烤箱一會兒進一會兒出，然後用光亮的菜刀切成數塊的卡斯特拉蛋糕。開設越後屋、在戰爭中吃過苦頭的前一代已然換手，交棒給年輕、強有力的下一代。京都，越後屋這稍微新一點、還算不上數百年的老舖，今後將繼續邁開有力的步伐，走向美好的未來。

⑳—卡斯特拉蛋糕：即國人常說的長崎蛋糕，此種蛋糕因是從荷蘭的卡斯特拉（Castella）宮廷流傳到日本，所以此處以其原名稱之。

㉑—丹波：京都西北方的小城。

## 花遊小路上令人懷念的照相館「宛達司」

說起老舖，我們往往會聯想到莊重的店面、大塊的掛簾；或者店面雖然具有現代感，但裡面賣的還是充滿京都味的商品……。以我來說，就會不明所以的對老舖抱有這種印象。

在各種不同的場合中，常有人跟我要照片，雖然我準備了相當多張，而且快用完的時候，甚至還請人用完即刻歸還，但照片還是越來越少，終於到了需要補給的時候。走在京都的路上思忖著該去哪裡比較好時，突然閃過了一個念頭。早該到那家「宛達司」（Wandas）去才對……一種懷舊的心情油然而生。

宛達司是一家老照相館。莫名其妙的位在一條熱鬧的街上。總之就是從新京極往北走一點右轉（也就是往東），街的右側（也就是南側），就是宛達司了。照相館前幾步路是已經關門的雁屋。我弟弟在昭和二十八年（西元一九五三年）申請傅爾布萊特獎學金留學之前，貼在資料上的照片就是在這裡照的呢。

說起來，我家並不是一向都在宛達司照相的。這裡我先來談談我家的照相史吧。我家有一本又黑又舊的相簿。裡面貼了很多我父母結婚以前的照片。一看就彷彿能感受到兩人青春的氣息。在那段時期，他們真摯、專注面對人生的表情真是美。而父親認真、深思的眼神，對抗貧困、孤獨時卻記得愛的悸動的臉龐，仍然栩栩如生。而母親同樣為了家人辛苦工作，以支援盲眼的哥哥，還要面對愛情的問題，那無限美麗的臉，穿著和服合襯的身影，現在都變成了照片。後來他們結婚、孩子出世。長得圓滾滾的我在照片中可說是人見人愛。

父母婚後，據我的印象，我們全家福的照片，都會在四条寺町下東側的「堀」寫真館攝製。他們也拍攝沙龍照，水準相當不錯。我最後在堀拍攝的照片，是我在東北大學就學時拍的。那時因為耐不住寂寞，心裡想：「下次有機會回家鄉時，一定要拍張照留念。」就這個念頭讓我去拍了照。每次一看到這張照片，總是想起過去的種種。

有一張傑作是在戰後拍的，當時我已從東北大學畢業，在京都大學研究所就讀。那張照片是在烏丸四条與五条之間，一家位於西側的「河野寫真館」拍的。我身上穿著戰時女子專校時代、二年級上學期裁縫科實習縫製的衣服。那是用白底的縮緬粗布染成焦茶色所縫製的午后洋裝。或許是為了在那殺伐的時代，至少一圓少女的夢想吧，我在衣服上縫上加了許多褶的美麗蕾絲。確實是浪漫的設計。幫我縫製的T同學一定是覺得那設計不適合我，我還記得她提議應該做簡單一點。可是我怎麼也不依，堅持請她做一件滿是蕾絲的裙子。

戰爭結束前那件衣服一直都沒機會穿，收在衣櫃深處。直到這時才終於重見天日。

接下來發生了一件令人噴飯的事。我父母可能把

㉝──宛達司。不管花遊小路如何變化，宛達司一如往昔的矗立於此。便利又確實。成為京都人的好幫手，是他們流傳三代的宏志。

那張照片當作是一種相親照片吧，竟然送了一張給新村出教授㉒。當然沒有什麼值得注目的成果。因為兩個主角根本沒那個意思，也就無疾而終了。那張照片哪裡去了呢？現在新村家成了財團法人，所有財產都是學術上的，其他雜物應該都清理掉了。

如果我那張照片也被丟掉的話，我就可以鬆口氣了。另一張還貼在我的相簿裡。我的臉稍稍偏向一側，穿著沒仔細燙平、皺巴巴的浪漫洋裝，一手靠在椅子上。手背肥墩墩的，宛如一塊紅豆麵包。全身一副幼稚模樣，一點都看不出來是個可以當作結婚對象的女孩。還有髮型的部分，燙好的頭也沒吹，活像個頭髮側分的河童，小小的蝴蝶結正好綁住一綹頭髮。怎麼看都是一臉驢樣。

後來到了快照時代。經常有人要幫我拍照，因而拍照前後感到尬尷的時候也來臨了。父母認識不少專業攝影作家，常幫我拍各式各樣的照片，有許多是為了商業廣告而拍的，還有不少業餘好手拍的好照片，所以根本不需要特地跑一趟町街上的寫真館。這些現象是以前想都想不到的。

然而翻著我家破舊的老相簿，令人感到不可思議的是，我父母明明都是窮人家，為什麼能拍這麼多照片呢？父親死後，我整理抽屜裡的舊照片，這才發現一點端倪。那時候兩人剛剛燃起愛的火苗，互贈的文章裡都附有照片。這件事是我以前就知道的。看起來煩惱很多的父親照片貼在底紙上，封面的描圖紙還附著類似以下的短歌。

> 憶及黑髮，心緒紊亂，
> 淚眼前去相親，君心也應如此心。

落款是在大正十年（一九二一年）五月。那是他們結婚的兩年前。

另一張照片的日期是在兩個月後。父親過世後，有一天我把貼在紙上的照片撕下來，卻被相片背後的文字嚇了一跳。父親另外還寫了一段文章。起頭也是兩首短歌，第一段歌如下：

自君處得此喜樂，
然思及故鄉淚漣漣。

讀父親的後記得知，母親此時已認真的考慮與父親的婚事，正在回家向家中報告的路上。

昔之傷悲與今之喜悅，令人難以邁步，
淚水亦難忍。妹今留此影，
作為君日後憶起往昔之憑藉。
妹哀傷之心隨滿山綠葉在風中迴旋，
唉，這難以相見的午後。

母親是抱著這樣的心情，拍下了照片。

真是傷感的文章哪。現在的年輕人看了說不定會嗤之以鼻吧。但是這種感傷看了多麼令人愉快。因為這篇文章與照片是一同送給了「心愛的君」。

若是我在父親生前便發現這篇文章，便會向父親好好問個真切，這相片裡面到底包含了什麼意思，現在雖然只能大致推測，但應該也是八九不離十的。

人生的重大時節就要拍照。這已變成一種家常便飯，但肯定也是一種生活的思想。以父親來說，他和一個好女孩相識、相愛，進而發展，一切想說的話，全都寄託在照片裡了。

於是，我們家的歷史就在各地的照相館中留下了紀錄。宛達司是比較大眾化的地方，換句話說就是極具實用性的相館，因此，它到現在都還保持著一定的地位。像是大頭照、以某物為背景的簡單紀念照都能拍，而且位在京極的正中心，卻一點架子也沒有，客人全都輕鬆愉快的拍完照片。這就是宛達司。

我麻煩老闆幫我洗五十張三乘五的照片，並且聊得很愉快。宛達司這個名字，當初是因為京極電影院盛極一時，只要客人去看電影的時間，就可以洗出

㉒—新村出：一八七六～一九六七，語言學家，率先引進西歐語言理論，並對日本語的語源提出相當重要的考證。最為人所熟知的事蹟乃是他與兒子新村猛一同編撰《廣辭苑》。

「一打」(one dozen)照片，從其同音字來的。現在的年輕老闆已經是第三代。第二代老闆娘還健在，她也是這家店實際的經營者。

「堀寫真館好像消失了呢。」

我一提起，老闆便說：

「是的，那真是家好相館。我童年時代，滿十三歲的紀念照，還有其他不管什麼照片都是在那裡拍的呢。」

真奇怪我竟沒有早一點來宛達司拍照。不過，在堀寫真館拍照是得脫掉鞋子穿著拖鞋進去，再怎麼說都有種讓人戒慎恐懼的感覺。就我記憶所及，還要從寺町通走一條長長的窄巷進去，才能到達攝影棚，是

㉞──菊光堂。它是四条區中心的年輪。這家店真實記載著日本的歷史。猶如古銀色展露的豔光，是一家高尚優雅的店。這令人不知不覺感到，京都真是個好地方。(四条通高倉西入)

在一個很裡面的地方拍照的。

宛達司老闆在這一點上就展露他靈活聰明的腦袋，在這裡拍照，不用脫鞋直接上二樓，一眨眼就拍好了。新京極的電影院人潮雖已不如往年，但附近還是熱鬧得不得了，是一條富含情趣的鬧街。而且河原町四条附近幾乎已經沒有照相館了。宛達司館似乎是永恆不滅的。彩色照相也是戰後由他們率先引進的。用的是愛克發彩色膠卷。

我並不是老王賣瓜。而是深切的體會這些老舖太寶貴了！

平成四年（一九九二年）三月末，父親過世。之後，我為了一些瑣事首度出國五天。那時護照上的照片就是請宛達司幫我拍的。

京都應該有很多人都光顧過宛達司吧。為我們編織回憶的宛達司。花遊小路的面貌雖然不斷在變化中，但我希望宛達司能永遠在那裡，像個主人般打開大門迎接我們。

## 我心愛的老舖——菊光堂、宜星、近又

許多老舖都正面臨著艱難處境。在材料和繼承者這兩方面都出現問題，或是像西陣附近，四處都被炒地皮的業者搞得七零八落，好像缺了牙的牙床一般。於是一貫作業中最要緊的部分失落了，並且由此為開端，連帶不斷的崩壞下去。這種情況時常發生。總而言之，在京都，一切已經不再保有安靜優閒的狀態了。但畢竟它是個有一百五十萬人口的城市，所以外表看來似乎一切如常，但是如果以一個個小區域來看，肯定會發現破壞已十分明顯了。我們每天在町區散步，心情總是十分複雜，看到沒改變就鬆一口氣，看到令人不安的那一面就心裡發急。而且最悲哀的是，有時看到一棟房子保留昔日的面貌，心裡還想著哪一天要來拍張照片留念，卻沒料到下一次經過時，竟然已經拆得一乾二淨了。多年以來一直屹立不搖的牢實房子，竟被消滅得如此徹底。這種事最近在京都

多如牛毛。屋主本人或許並不希望如此，但是情非得已，或是懵懵懂懂，又或是無法阻止，日語中有非常多用詞適合形容這個狀況。人生本來就是得經過千百苦難，平安時代諺語有云：「本意並非如此。」然而今日這句話的景況，大都是因為外在壓力而迫使長年的居住形態不得不改變使然的。

在這種迫在眉睫的危機感之下，可以遇到還能毅然決然奮鬥下去的人，真是令人頗感快慰。像是四条通「大丸」前面的「菊光堂」。附近有訂婚納采的禮品店，還有漆器店，很多是經營京都傳統用品的老店。這些店家大都做了一些調整，我並非覺得他們改得不好，只是他們的店面都變得很摩登，可以用「現代化」一詞來形容。這些店當中，菊光堂的門面卻還是保留著昔日風格，這反而使它變得鶴立雞群，引人注目。不過，他們經營的似乎是茶具生意，我又不是常在那裡進出，所以有點猶豫。然而，緣分真是奇妙，經由某位熟人的引介，我有機會得知該店的來龍去脈，甚至還讓我參觀連接該店的住宅部分。沉穩而蘊藏真誠的建築，令人不禁感嘆京都的商人原來是過著如此堂皇的生活。不但有倉庫、庭園，宛如鬧區中心的一塊清幽小大地。

總之，這裡的商品一點也沒有一般商品會有的流俗氣息，擺列高尚的貨品，不知是因為帶有古意，還是因為時代的關係，給人一種沉穩典雅的感受。這裡完全沒有叫賣著「喂，客人快來買哦」的環境，而是一種想進來就進來的氣氛，這種感覺真的很有意思。我猜恐怕是從很久很久以前，就有些老顧客口耳相傳的來光顧。此外，茶道相關人士也會在此進出，或許有人會批評它的商業手法已經過時，但是我慢慢覺得，幸好還有這種店存在。這也可以算是京都才有的一種商業手法吧。

然而，菊光堂的人現在卻生活在一種無法言喻的不安當中。這是因為那附近到了夜裡幾乎沒有人會待在家裡。二十四小時都在這裡生活的，只有這一家和

㉟——近又。從四条通或錦通過去都很近。在這樣的繁華地區居然有這樣的旅宿，這樣的料理。（御幸町四条上）

隔壁鄰居而已。前面就是車輛快速駛過、人群熱鬧聚集的四条通，而此處的夜卻像是幽深森林般孤獨。我家在郊外，算是相當幽靜的地方，所以夜裡（其實白天也是）很靜。然而我家隔壁、對門都有人在，茶室裡點著燈，浴室和氣窗時明時暗，光是看到這一點就會覺得心安。但是菊光堂的夜間生活卻沒有這種連繫感（就算有，也只是白天），充滿著都會的孤獨。寂寞倒還在其次，若是萬一有個什麼該怎麼辦呢？總是讓人惴惴不安。解決之道就在於他們是個凝聚力極強的家族。不論我向他們問什麼，既不會有人老搶鋒頭，也不會有人默不作聲。總是以極佳的默契共同演出。他們一家人一直是齊心一志的共同努力，但菊光堂也曾經遇到與現在完全不同的危機。這家的主人是一個氣質很好的長臉先生（依我看來，有一點亨利・方達〔Henry Fonda〕的味道），我問他：「府上從以前就是經營茶具的嗎？」

面對我這冷不防的問題，他答道：

「其實不是。我家以前是賣銅器的，就是像宣德火鉢㉓那一類。但是戰爭的時候，順應政府的徵召，所以把所有金屬都捐納出去了。店裡全部的貨品，都以細金屬的價值被取走。我家掌櫃考慮了很久，才改行做這門生意。」

原來是這麼回事。然後，他優雅的表情中滿是愁怨的說：

「那時候的工商大臣是岸㉔。」

聽到他補充的這句話，我打從心底感到同情，不得不脫口而出：

「您府上受到那麼大的苦難，可是那位姓岸的人戰後卻當上了總理大臣。」

那個時代死守家園咬牙撐過來的妻子，也有著類似丈夫的慈祥明朗面容，這時她的臉也轉為哀怨，但並未說什麼。昔日，蛤御門之變㉕時火燒京城，這個地區受到相當大的災難。然而不論在哪個世代，即使被捲入社會或歷史的動亂中，京都商人還是都能挺過來。

「不過啊，沒戰死的就可以回家，這已經是萬幸了。活著生氣和死後埋怨，總是相當不同的。」

我禮貌的應和著。但再次沉痛的感受到京都的町區只有在和平中才能存續下去。

沒有商業氣息的買賣。這讓我想起一件事。菊光堂稍稍往東，走上柳馬場的地方，有一家店叫做「宜星」（Giboshi），有賣我最喜歡的「炸素點」㉖。裡面混有小小的炸酥餅和炸蓮藕、蝦餅、炸海帶和炸小麻

---

㉓—宣德火鉢：宣德指的是中國明宣宗的年號。明宣宗敕令製造銅器時所使用的火鉢便稱為宣德火鉢。此處指的是長得類似的火鉢。

㉔—岸：即岸信介，一八九六～一九八七。一九四一年入閣擔任商工大臣（即經濟部長一職）；一九五七至一九六〇年擔任總理大臣。

㉕—蛤御門之變：蛤御門為京都御所西門，一八六四年七月，因於前年八月十八日政變而遭逐出京都的長州藩，為挽回形勢而進軍京都，後與會津的薩摩藩等兵遭遇在蛤御門，兩軍對戰後長州藩落敗。又稱禁門之變。

㉖—炸素點：將各種蔬菜或炸或煮組合而成的菜餚，有時還會加入松葉或楓葉，因為擺置有如風吹來的樣子，十分美麗，所以日文叫作「吹き寄せ」。

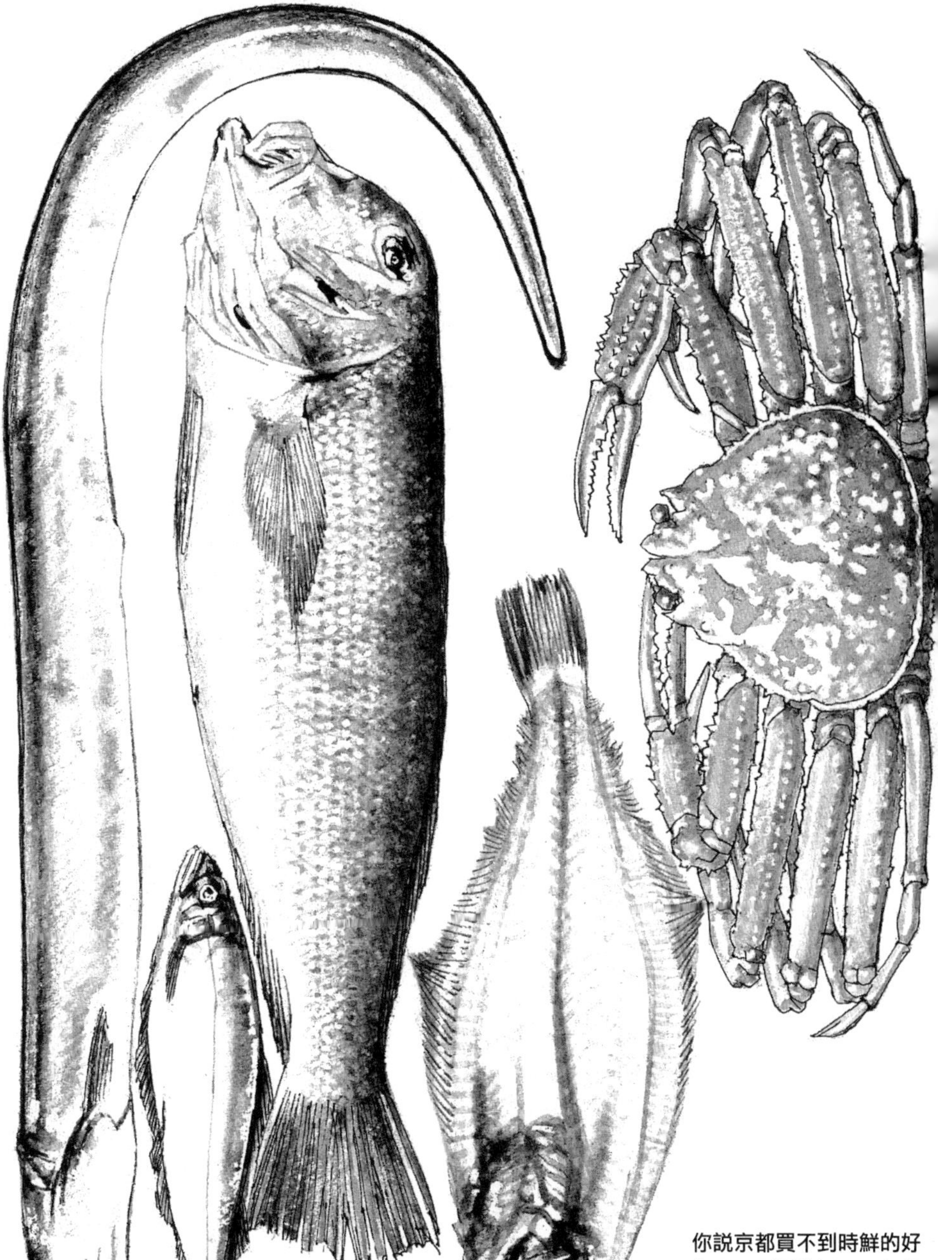

你説京都買不到時鮮的好魚嗎？別説傻話了。松葉蟹、馬頭魚、鱧魚、鰈魚和香魚。春夏秋冬，美味的魚可多著咧！

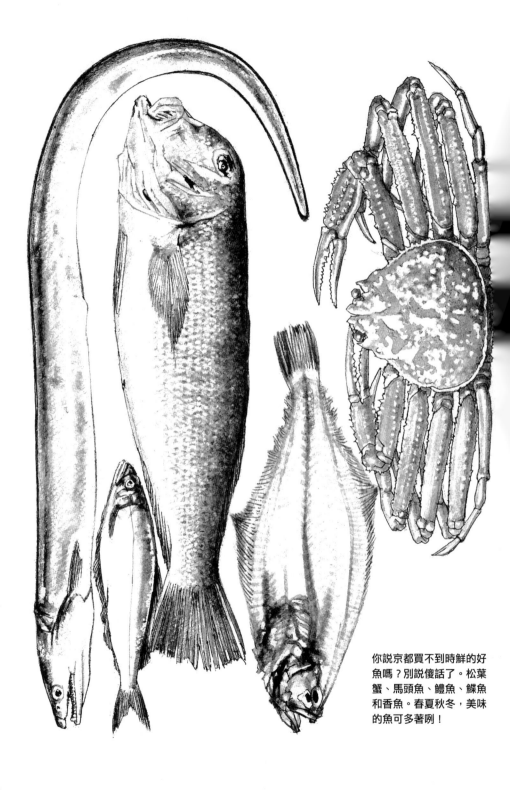

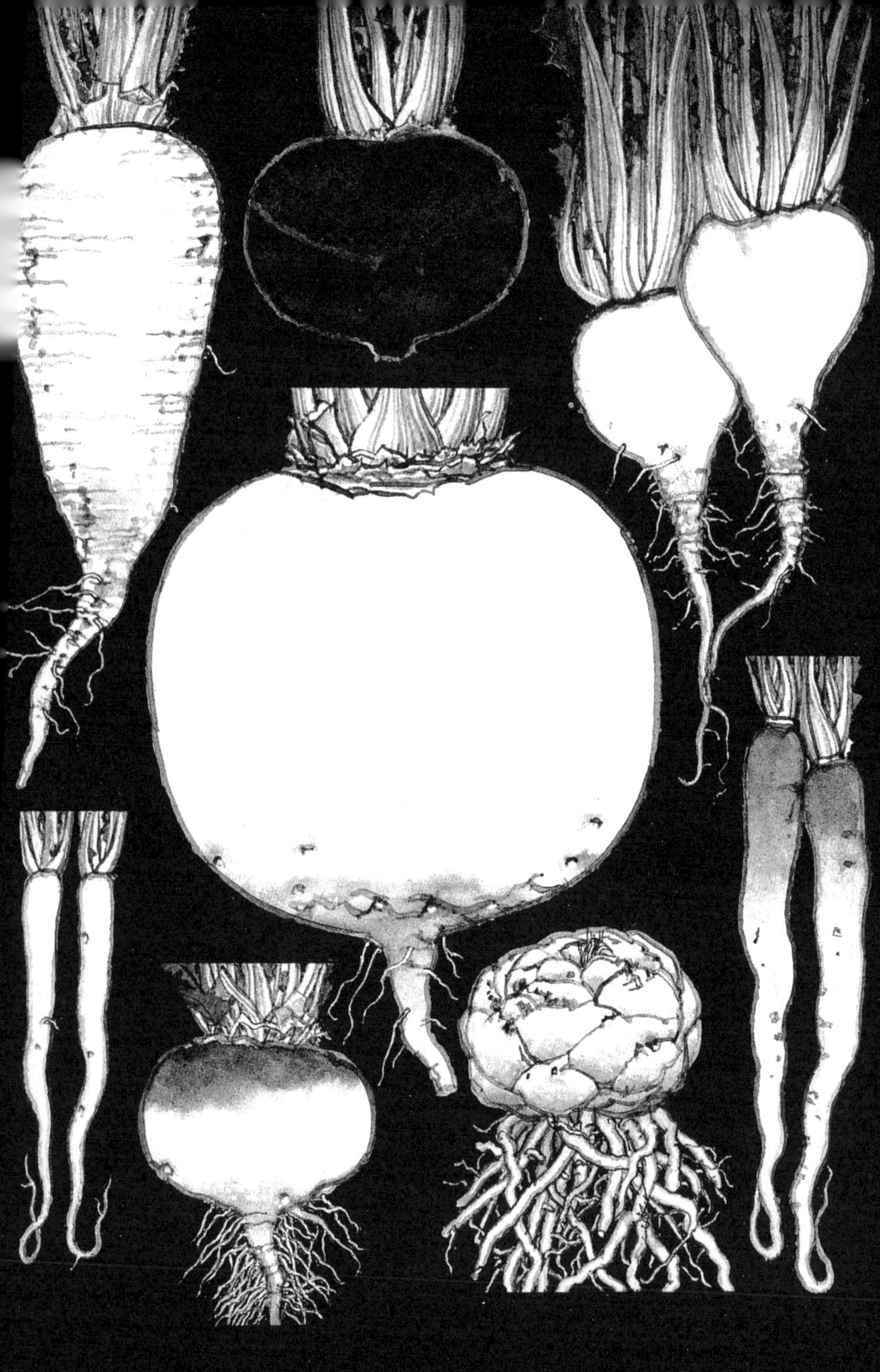

京都可能是水土相宜吧。根莖類的蔬果可以說是天下一品。光看它們的形狀就知道非等閒之輩。它們的根系分明，似乎都能聽到牛蒡和芋頭的聲音呢。

糬等。這是我自孩提時代最喜歡的東西（可稱之為嗜好），常常一下吃太多，最後正餐吃不下。炸素點是宜星的主力商品，名氣在京都也算響噹噹的。而且儘管品質水準高，價格卻十分實惠。我雖然經常會去店裡，但以前也曾發生過這等事。當時位於桂區的京都府立大學文家政學系，前身即是府立女專，女專每次舉行同學會的時候，我就會拜託宜星，是否能幫我們送固定數量的炸素點到桂區的校舍去。

「要我們送到桂區去，恐怕是不行的。」

他們毫不客氣的拒絕了我。「明明我們訂了上百個，這筆生意可以大賺一筆呢，從這裡就可以知道他們是多麼沒有做生意的氣息了。」有一次我在一個生意人的聚會上演講時便提起這件憾事。會上有很多京都之外的人來參加。在這種時刻，我很樂於聽到有人說：「這點心，真是好吃呀！」而且我覺得這可以幫宜星多拉一筆生意，沒想到是我設想太多，反而變成雞婆了。

這件事也算讓我長了一點見識。對京都市中心的人而言，桂區那地方簡直遠得很。其實，從宜星到桂區只是一倏忽的時間，用車載送只要三十分鐘就可抵達。市公車也有到。不過，這會兒談的可不是客觀的距離，因為那在心理上是十分遙遠的所在。至少似乎可以窺見江戶時代的感覺。就因為當時那是一段遠路，所以京都的商家到現在也都不肯去。這事頗令我憤憤不平了好一段日子，但近來我已改變了想法，將它視為一種有趣的現象。眼中只有利潤、願意為利潤奔波辛勞的生意人雖然好，但認為「沒必要那麼勞碌，不也可以做生意嗎」的自成一格也不壞，總之大家各持己志好好生活下去就好了。最近宜星換了一種古式的招牌花紋，頗有煥然一新的氣氛。不過商品的品質一如往昔，絲毫未變，仍然那麼好吃，價格也還算公道。我想，我會永遠這麼愛吃宜星的「炸素點」吧。

在宜星買完東西之後回到四条通，沿著北側的步道往前走，不久就會來到御幸町通。左轉再稍走幾步，有一家古意盎然而又很清爽的店。造型很像瓦斯燈的門前燈十分醒目，店門正面是一排細格子門，抬頭看到二樓則是一片竹簾子。這棟令人靜下心的古式建築，讓我體認到這就是京都風格的商家。我一面想著，一面走進店裡。開口說道：

「你好！」

然後期待他們回答一聲：「您來啦！」

其實我並非與這家店有什麼長久的交誼，只有將近四、五年的淺交。沒想到現在竟然走得這麼勤。

前幾年東北大學時代的朋友拜託我一件事。她大學畢業之後一直住在仙台，目前正和任教大學附近地區的女士們一同研究《源式物語》。她們一群人打算一起來京都旅行，走訪《源式物語》中的相關地點。於是她請我多少幫幫忙，看看是否能一天晚上住普通飯店，另一天晚上住在京都風味的旅館、吃京都式的料理……我有一點為難。說起京都風味的旅館，京都式的料理，腦中霎時便浮現出「柊屋」、「俵屋」、「炭屋」、「吉兆」……等幾家館子，然而價格不貲……。不過既然是最要好的朋友來拜託，一輩子都住在京都的我，若是就這樣舉手投降，豈不顏面盡失……對了，去拜託「近又」吧！嗯，連我自己都覺得這是個好主意。雖然它並非頂級的旅館，但在另一層意義上，它卻很實在，不就是這樣才能品味到真正的京都風情嗎？

朋友約的時間剛好碰上京都府知事選舉的最高潮。花開花落中我也處於相當忙碌的階段。仙台的朋友來訪後那天清晨，我造訪近又，有機會與那二十多名女客一同吃早飯，她們都來自陸奥㉗，頗引起我的懷念。所有人都對這家旅店讚譽有加，並且紛紛向我特別強調晚餐的風味很有深度。我心中暗自歡喜：哎呀！來得好！同時也對近又滿心感謝。

根據店的來歷書上所寫，此店乃是享和元年近江屋又八在京都所開的商人旅宿。享和元年就是一八〇一年。哇！我父親是一九〇〇年出生的，所以這是我父親出生前一百年的事情。十九世紀初期，這附近會

㉗—陸奥：位於日本東北地方，在青森縣。

是什麼樣子呢？他們既是近江屋就表示出身自近江、滋賀縣……附帶一提，我到處走訪打聽，很驚訝的發現京都與近江彷如一體。京都多的是近江出身的人。從某種意義上來看，人們汲取了近江商人的風格，來到京都、活躍於京都的舞台上，並且融入京都，成功的塑造出京都風格。

雖然我花了不少錢，可是近又以高品質的服務幫我招待了客人，令我非常感激。以這種價錢卻能達到高等的服務，我想是因為近又是一個家族企業的關係。老老闆娘和年輕夫婦充滿活力、勤奮工作的模樣，看得人都跟著快活起來。他們使用的餐具稱不上是有來頭的骨董，但是每一件都質地精良，而且是京都百姓隨手使用的器皿。從好處來說，它包含了豐富的日常性，不爭強好勝，卻細心周到，尤其令人感到愉快。能在一間小室，一面品嚐格調高雅、品味細緻的京都懷石料理，一面與朋友心無掛慮的促膝長談，這種快意心情與名貫京都的料亭館子真是大異其趣。我個人非常喜歡。我之所以能與他們相交數十年，是因為這家人從不端架子，還保有濃濃的從商人旅宿發展形成的庶民性。旅宿旁就是錦通，對我來說，坐阪急電車在此下車後只要走五分鐘就可以到，十分方便又輕鬆。另外，他們以大小適中、設計美觀的擦手巾代替紙巾，這點也很令人滿意。不用的擦手巾帶回家也可以做別的用途。總之，這家旅宿是一家極富實用性、品味一流的好旅店，也是好餐廳。我希望終生都能來此地用餐。一向擦得光亮的走廊地板、占地不大卻富有情趣的玄關，以及與所有高級料亭不同，洋溢著町區中我們這些平凡人居住多年的老家氣息，這些都特別受到女性的青睞。所以我總是能夠一臉得意的向外地的友人介紹：

「怎麼樣？是個好地方吧！」

## 裱裝、篆刻、美術出版——才華洋溢的學生

我在京都府立大學任職了三十六年。這所大學很

小，絕非那種氣派豪華、光芒耀眼的學校。我並非沒有想過要辭職離開，但結果還是待了下來，理由何在呢？

迷你大學雖然有其缺點，反之它也有相當好的優點。一是教職員同仁之間的關係非常親密，另一點是學生彼此都很有默契。雖然有時候會有點綁手綁腳的，做起事來不太方便，可是對我來說，應該說是深合我意吧，而且至今仍能和許多畢業生有來有往，這應該是別的大型綜合大學相當難得的情形吧。

京都的京大、立命館、同志社等大學，各有悠遠的歷史，同時他們不僅在京都，即使在全國也都是名門學府，雖然這些大學名氣響亮，無可指摘，但府大也有府大的趣味之處。總之，這裡的學子畢業後營生的職業無奇不有。不禁讓人再次深深感嘆，這就是京都啊！而這些學生也都成為我長久以來值得感謝的朋友。

我的父母生下我時都還很年輕。他們兩人相愛、結合是在大正十二年，也就是一九二三年春天，當時父親二十三歲、母親二十一歲。第二年沒多久，戶口上就報了我的名字。我早早就來到世上報到。照理說，父親友人的孩子應該是我的朋友才對，可是並非如此，友人之子竟然成為我的學生。父親在京大英文系同期的友人，研究莎士比亞的學者中西信太郎博士，膝下三位公子悉數成了我的學生。學生中最有成就的莫過於與父親一同研究和紙的藪田嘉一郎的公子藪田夏雄。夏雄的父親並非以學術研究為生，但卻擁有極優越的歷史感，對於《出雲風土記》抱持卓越的見解，他還與新村出教授等各領域的佼佼之士共同發行《和紙研究》雜誌，並舉辦種種活動。他的興趣廣泛，連謠曲都學有專精。我也有幸曾與他一同在大江山㉘和巴御前㉙晚年所住的丹波八木町寺，參加謠曲雜誌所主辦的現場座談會，留下令人懷念的回憶。夏

㉘—大江山：京都市西側的山丘。

㉙—巴御前：平安時代後期的婦人，智勇雙全，曾隨夫婿木曾義仲出兵立下戰功，後削髮為尼。

雄原本主修國語學，曾就現代廣告寫下一篇見解犀利的畢業論文。照當時來看，他像是完全沒打算跟隨父親的腳步，但是當他父親過世後，他便立定了志向，從事出版以及其他相關的各種工作。當我聽到他的經歷，只有吃驚二字可以形容——「哦？原來還有另一個世界啊！」他在拓本和裱裝方面收了好些弟子，架勢頗為專業。也曾在東京的百貨公司舉行他自己的裱裝展覽會，實在是不簡單。雖然他只是素人藝匠，但他能將自己的拓本以巧妙的素材裱裝之，呈現出不同於京都名匠的大膽風格。我也獲贈一幅，有時會將它裝飾在壁龕上。那是從「東大寺大佛蓮弁菩薩」拓下來的拓本，菩薩與法隆寺壁畫那些佛像相似，面容慈祥總是微笑。畫軸是陶製的，屬於「赤繪」㉚、使用的布是焦茶色帶著素雅的紋面，用的全都是專業者想不到的素材。看到畫軸的背後蘊藏的意義——它既是學生的作品，也是父親好友的遺物等種種緣由，心中比什麼都高興。我還記得他的太太是他大學的同學，主修國語學，畢業論文寫的是有關三遊亭圓朝的人情故事研究。藪田家位在「本田味噌」的總店正對面，離御所、「虎屋」都很近。夫婦倆住在京都市正中心，生活頗富情趣。我只要是明信片、名片的印刷，甚至是父親過世的訃聞，全都交給藪田夫婦處理。我在大學的時候，夫婦倆常到研究室來看我。最棒的是他們總不忘帶著以蛋糕聞名的「歐風堂」禮盒前來。一邊聊著「新村出教授伉儷最愛吃歐風堂的西點了」等閒談，一邊喝茶，這真是我在京都這迷你大學執教鞭的幸福。優閒的與刻正在嚴酷現實社會中討生活的舊弟子，回到過去一般的話家常，一邊喝茶吃點心，這種快樂好像可以一直延續下去，永遠都不會結束似的。

我也遇過風格丕變的學生。像是篆刻家水野惠即是如此。我記得他是第二屆文藝科（即是今日的文學系）畢業，所以跟我只差一歲。我是二十八歲進入府大，之後一直教到六十三歲。從不燙髮，總是頂著一頭像河童一樣的頭髮，按三七比例旁分，前面的頭髮抓成一綹用髮帶綁起，當時的學生或許還有人記得我這種髮型吧。而學生不但經歷學制的轉變㉛，以及嚴峻戰火的艱困，之後又面對戰敗、教育制度的改變等世間的巨大波濤，進入新制大學，尤其是第一屆的同學，不論男女都已歷練為擁有與眾不同之豐富性格的大人。師生之間的關係形同手足。我自己在舊制東北大學畢業後，進入京大研究所，幾乎同時，也在剛從男校改為新制男女合校的同志社高中擔任兼任老師。授課時間與常任教職相同，每天教授十幾個小時。三年後，我轉任府立大學，但在大學突然接下國語學概論、講習、小組研究、國語史等四堂課，站在講壇上緊張得不得了。學生人數很少，但都是能呼應我的期望、極其用功的學生。他們和後來的學生完全不同，

㉚——赤繪：中國宋代傳入之五彩陶瓷器，因以紅色為底故稱之為赤繪。

㉛——學制的轉變：一九四七年日本政府頒行新的學校制度，在此之前的制度通稱為舊制。

㊱——水野印房。印章真是一種精緻的東西；而一個人秉持一念專注生活的認真態度更是了不起。水野先生將印材和所持者的一生結合在一起，並且以這樣的原則繼續著刻印生涯。（東洞院三条下）

還充分保持著舊制的氣息。其中有些人學籍還在舊制第三高中，轉為新制之後本來可以自動至京大升學的，但他們捨京大而就府大。總而言之，他們是一群氣質與近來的學生完全相異，從容、風趣而且研究欲旺盛的孩子。我最難忘的是一位男生，因為考試當天生病無法應試，後來他問我：「有沒有什麼方法可以補學分？」我給了他一個殘酷的答案：「如果沒有接受考試，就沒辦法。」那個學生也很乾脆，低頭說了一句：「這樣啊。」便再沒有怨言。他就算沒有這科學分，學分也都足夠了。後來回想起來，其實可以讓他交報告或做其他研究，再怎麼樣都還是有辦法的，我當時太年輕所以才做出這麼殘忍的事，不禁深深自責。更何況他上課從來沒有請過假，也沒有缺過課。這已經是四十年前的事，但我還記得一清二楚。當時校園裡的風氣就是這麼乾淨清朗。

說起水野同學，他在學時就是個有點特異的男生。他沒有一般學生的青澀，反而給人一種內斂、老成的感覺。讓我印象最深刻的就是他會寫一手令人驚豔的好字。後來才知道這些都是源於他家的家業所營造的世界。當時，對什麼都不知道的我來說，他是一個氣質特異的人。換句話說就是「不合群」的學生。他早已擁有自己的領域，並且胸有成竹。

畢業之後過了相當久的年歲，他繼承父業，出師成為一個出色的篆刻師。他的印房在中京東洞院三条，也就是在京都正中心。水野同學在篆刻方面可以說是才華橫溢。他的作品展呈現出多種趣味走向，十分有意思。除了雕刻的具體作業外，他對篆刻的介面——文字——也有深厚的興趣，已是那個世界的研究者了。在這條路上，我和他已不再是師生，而是以對等的研究夥伴再次出發。

這些有趣的人全是從府大出來的，這令我有種欣慰的感慨。有一次，我去他的據點訪問，那裡不是一般的印刻行，店面的風格迥異。我在他那裡聽他說了很多事。「水野印房」的歷史摻雜著令人驚奇連連的固有名詞，引發了我的好奇心。他們家轉眼間已經傳了三代的歲月。那些人物與我家雖然從來無緣認識，但他口中不時會跳出「魯山人」㉜的名字。他為我寫下的一張職業譜系表，述說著京都篆刻世界的底蘊。

在日本，印章這種東西原本就具有極為重要的含意。長年的公務員生活更讓我深切感受此點。即使本人出面，但只要少了印鑑便什麼事都辦不了。就算本人不在場也無所謂，什麼事都只看印章。我曾經氣得大罵說：「什麼？你是說我不在也沒關係啊？若是印章那麼重要，那叫印章到課堂上去講課好了！」

我的願望是希望那種官僚主義機構中的印鑑能夠再做得好一點；多發揮一點簽名的功能，但我不知道這種印鑑到底適不適當。所謂的廉價印章或是私章，其奇妙之處包含了一種社會學上的趣味。但篆刻則另當別論，它所擁有的美妙世界特別令人心動。

我父親從很久以前便自創流派的寫書法。雖然這並非他的嗜好，但別人來求字，他就會在色紙或畫軸的大張紙上寫字。我常被叫去磨墨，可是我總是不耐的說：「這樣就可以了吧？」然後把磨到某種程度的硯台交給父親就拍拍屁股出去了。等再回來時，卻見父親苦笑著說：

「下次不叫妳磨墨了，墨磨得太薄，寫下來的字都變紫色了。」

「哦，是嗎？可是最近好像流行這樣。」

我賴皮頂了回去。不過父親用各種深淺墨色寫完字之後，一定會選幾個章蓋印落款。放那些印章的是一個綠色紙盒，父親晚年時盒子都破損得差不多了。我便勸父親：

「我再另外幫你找個好一點的盒子，這個又髒又破爛的盒子就扔了吧。」

說了很多遍，父親的回答都是「不行」。「這盒子還能用。東西能用就盡量用是我做人的原則。」

一九九一年年末，父親遽然而逝，後來我收拾他的東西時大吃一驚。一個又一個印章出現在我眼前。

㉜—魯山人：北大路魯山人，一八八三～一九五九，陶藝家。生於京都。本名北大路房次郎。從研究料理開始學習製作餐具，創作出多彩而嶄新的陶器。在書法和篆刻也極有天分

除了實用的印章之外，還有用在書上的印章也一一出現。我不記得他曾經請人刻過這些印章，應該是各方人士送給他的。綠色的破爛盒子裡有一個印是父親晚年最鍾愛的，所有的東西都以它來落款。那是富本憲吉刻的陶印，印章的紅綠組合很有憲吉先生的風格。桐木盒子上還有他的署名，是刻得很好的一枚印。因為只有一個「壽」字，所以有人來求字，我在色紙上亂寫一通之後，也會戒慎恐懼的用它來落款。其實我大半都用水野惠刻的印，但每當憶起父親時，我就會輕聲的說：「借我用一下吧。」然後在署名之後小心的蓋下這顆章。這一刻總是令我既心酸又甜美。

我身邊也收藏了不少印章。在府大任教的期間，吾校與中國西安外語大學締訂姊妹協定，因此許多中國學生到府大來留學。那時候這些男女學生大約都由我執教。他們會來參加研討小組，也與我一同參加講習旅行。

我常暗忖，他們這樣的學習應該也相當愉快吧。這些同學大半在來日後或離日前都會送我印章作為禮物。這些印章就多達五、六個。我猜想，在中國贈送印章應有比我們所想像具有更深重的意義吧。畢竟他們是個文字大國，而且印材也相當豐富吧。

取出父親的「富本印章」來懷念父親是最近幾年的事，之前有相當長一段歲月，我用印時用的都是水野同學的作品。拿自己的著作贈人的時候，沒料到對方對我的書未置一詞，倒是對我寫了「獻呈」二字的紙片上簽名蓋下的印大為讚美。不過，即使如此我也非常高興，反正哪一個都是「章子」嘛！

我也請水野同學幫我刻了一枚實用性的印章。不過這個章有點太過精緻，「壽岳」二字也不能立即辨認，我常想收到謝禮的時候，蓋這個章說不定會引起對方的不安呢。不過這個印章是我非常珍重的一枚。

簡言之，水野先生雖然舉止沉靜，內心卻蘊藏著無比的熱情，常常策畫一些有趣的事，也經營篆刻教室；或是三五好友一起開個展，各式活動多采多姿。我最感興趣的是活動的介紹文案，這裡取一張範本給諸位瞧瞧。

## 水野惠　長期個展　墨與紙之書Ⅰ

在「長期個展　篆刻Ｉ」時，感謝許多知音同好光臨，雖然一組作品都沒有賣出，但是有幸得以聽到各位的建議，真是金錢也買不到的寶貴學習。真的非常感謝。

接下來我將舉辦「墨與紙之書」展。如上回告知大家的，是將普通的書法特稱之為墨或是紙，另外，也將展示陶瓷上的書寫，以及漆器上的書寫。

說到這普通的書法，以我來說，我寫的幾乎都是篆書等古漢字。一般社會上也有人稱我為「古漢字作家」。我不知道這樣的稱呼妥不妥當，但是我想應該是指我的工作不只是篆刻，也從事與古漢字相關的種種事務吧。

學習古漢字，有時除了實際動手習作之外，還真是沒什麼別的竅門。某個字為何消滅，某個字的筆順因何改變等，因著不得不書寫古漢字的需要，而在書寫的過程中，我漸漸的看到了字體變化的原因，也更深刻的體會到，坐在桌前思考古漢字的書寫，就如同在榻榻米上游泳一般。所以，經常為了如何寫出非寫不可的古漢字而痛苦不已。如果能夠快樂的寫這些字，該有多好！我心裡這麼思索著，但也覺得很丟臉。

這次的作品是以畫軸和色紙為中心。本次將遵從各位朋友的建議，在會期中準備了少數短冊和寸松庵，以紀念價格出售。我本來也準備了T恤的作品，但不知趕不趕得及。如果來不及那就只好等到Ⅱ了。

歡迎各位蒞臨指教。

這是一篇簡單明白，並且以京都口吻為基礎所寫的文章。而且是男人的口吻。不管是在大阪或是京都，使用關西腔說話的人大都對自己使用的語言頗感自傲。尤其是口語的字眼，關西人更是充滿了一種絕不讓步的自信。在日本，不管在什麼地方、什麼場面，說「京腔」都可以通。

有人說：「我除了京腔其他話都不會講。」

在東京的聚會中，我也見過一個醫生說：「おへんなあ㉝」

不過這種光彩耀人的京腔一般僅止於口語。雖然梅棹忠夫等人倡議將關西語訂為第二標準語，但出現於書寫語卻根本毫無希望，像是印刷品，或是學術論文的書寫，總之所有書寫語言的世界，都和京腔和大阪腔徹底絕緣。在這方面辛勤耕耘的是住在京都寺町姉小路、專寫美食散文的大村枝女士。她在電視美食節目中仍以一口京腔示範指導，將京腔融合在料理中，完成的美食也因為她的話語而更顯美味。而男性當中，就屬剛才提到的水野先生的介紹文案，在某個程度上已經成功了。其實他自己的書並非用京腔寫成，但他所寫的京腔文章總會讓我讀得很愉快。雖然到現在也沒有賺到什麼錢，但是看到他悠遊在篆刻的世界中，不禁為我們師徒的緣分感到不可思議。

府大之外，我還和一對父子建立了師生關係。那是我一開始在同志社高中教書時的學生，本田正明先生。當時雖然學校改制為男女合校，但由於是從舊制的男子高中轉移而成，所以尚未有女學生入學。三個學年都還是一片黑壓壓的男生。而第一位到該校就任的女老師就是我。哎！簡直是趣事橫生，難以計數的深刻回憶讓師生彼此都難以忘懷。他們雖愛惡作劇、調皮搗蛋，但都不是什麼了不得的大事，那是一所孩子可以自由發展的好學校。每天令人爆笑的事件多得像座山一樣高。雖然我只是兼任教師，但很多學生直到現在都與我很要好，我對這所學校的懷念與對府大一樣多。

其中一位學生就是本田。他平時沉默寡言，甚至可以說是一個毫不起眼的學生。但他是位於寺町二条，京都出版業名門「芸艸堂」的子弟。提到芸艸堂可能有人不曾聽過，但它在美術出版業可是非常知名的公司，他們出過為數不少的好書，即使在現在的古書界都還擁有極高的價值。戰後，他們擴大經營，拓展出版的範圍。在保存芸艸堂風格的同時，他們一連推出許多出版作品。父親原本就和他們上一代有交情，在他們公司自然不可少，後來連我也被本田先生網羅，不知不覺出了好幾本書，關係也熟稔到無法抽身的地步。不久前京都的芸艸堂改建成現代化的大樓，但是建築設計高雅與寺町通的氣氛頗為吻合，與附近的老店也相當協調，並不是讓人為之詫異、側目的粗糙建築。正對面是我前面提過，也是我最愛的水果店八百卯。走上二樓的水果餐廳，一邊吃著美味又廉價的綜合水果派，一邊眺望芸艸堂，會油然生出一種幸福的感覺，沉醉在京都人的世界中。

現在本田先生打理位於東京湯島的分店，式樣也很美麗的U形大樓也就成了他的據點。京都店似乎有別人負責，東西相呼應之下，芸艸堂將能推展各種形態的工作，並且綻放出典雅的花朵來。

最近這段時間，有件事讓我對芸艸堂的實力大為折服。不但感受到他們驚人的實力，更是不由得滿心感謝。我們家原本有一冊書畫帖。封面上有新村出先生的字，題為《仙人掌帖》。畫帖裡面日本人部分除了新村先生之外，還有狩野君山、河上肇、柳宗悅、河井寬次郎等人簽名的題字，外國人部分則有艾德門．布蘭登、約翰．比查、凱薩琳．羅絲黛爾等，果真是多采多姿的有趣作品。這書畫帖宛如成了我家的傳家之寶。父親九十歲的時候，曾經想要將它複製一份，作為自己年歲的紀念，便去拜託芸艸堂的本田先生。

以前我老是嫌本田先生愬託我出書很麻煩，所以牢騷發個沒完，這次他們卻願意接下這件天外飛來的勞什子，毫無怨言的印製出精美的成品，讓我對芸艸堂在美術出版方面的堅強實力另眼相看。擔當這項重責大任的是一位年輕的工作人員，但是他技術精湛，真的是一項完美的工程。「分毫無誤」這詞大概就是為這種工作所創造的吧。於是，附上我辛苦的解說，只出版了九十冊精美畫帖。由於過程如此費工，自然價格很高，也不容易賣出。因此我對芸艸堂感到非常愧疚。不過在父親前往另一個世界前，能夠完成他的心願，實在是無比快慰。而芸艸堂能夠如此為我們而

---

㉝—おへんなあ：「沒有」的意思，一般日語是用ありません。

存在，我也不禁對我們這分難以言喻的緣分而心懷感恩；並且再次體會到身為教師，尤其是京都的「先生」其中的況味。人生並不是只有京大、東大才能成功啊，我深深自豪。大學各有其長，人生各有其樂。

## 向觀世流的浦田師父學習謠曲

人生當中總有難以意料的事情。我真是深有感觸。

近日來媒體都說鋼琴乃無用之長物。我聽了半生氣的想，「什麼話嘛，真是不懂珍惜，既然是好不容易才有的東西，彈一彈又何妨？」我一向覺得會彈琴是多麼美妙的事。我的母親最討厭沒什麼用處的技藝學習，即所謂的「淑女才藝」（或是更小一點的孩子的短期修業）。我對朋友們「叮叮噹噹」學鋼琴很羨慕，但母親仍是用嚴厲的家教來管束我。母親說的話確有她合理之處。朋友家也放了一架幾乎沒有彈過的鋼琴。為什麼不彈呢？心裡鬱悶的時候，想哭的時候，或是滿心歡喜的時候，打開鋼琴蓋，讓手指在鍵盤上奔馳是多麼棒的事啊！不過我只能在一旁默默欣羨著。

「為什麼不彈呢？」有一次我忍不住問。

「因為彈鋼琴很麻煩嘛。」

真是殘酷的答案。像我很喜歡聽音樂，自己什麼也沒學過所以什麼也不會，無可奈何之下便只好唱歌自娛，所以我聽到這種答案，真的既訝異又納悶。真是搞不懂他們是怎麼想的。就算彈得再差、會彈錯，只要能彈就很好呀，為什麼要捨棄鋼琴呢？那段時間我只要想到這就會有點生氣。有一段時間，我心想至少學個古典吉他吧，所以就接受高手的建議，到「十字屋」買了一把還不錯的吉他，連教學樂譜都買齊了。然後一點一點的練習。但是我發現了一個嚴重的問題。我的手與別人不太一樣，手指頭又肥又短。我父親有一雙大型的粗手，而我則是小型的。這麼短的手指彈起吉他難度很高，弄得筋疲力竭。每次總是彈得頗為吃力。有一次我的朋友看到我的手說：

「哎呀，老師您的手指是tsuchi手！」

換句話說，就是短肥又笨拙的意思。「tsuchi是什麼意思？你是指土呢還是槌子㉞？兩個意思都通？什麼？唉，算了！」我悲嘆連連，隨即就把吉他轉送給同事了。我也曾想過若是打鼓應該就沒問題吧。不過也不能在家裡「咚咚咚」的打鼓吧。

所以我趁著退休之際，終於進入技藝修習的世界。到現在已經有五個年頭了。我學的是謠曲。我有幾個稱得上十分尊敬的女性朋友，其中一人在孩提時代曾經親炙能樂的世界，過了五十歲之後，更是熱中的勤加學習。她就是史學家脇田晴子女士。她的工作非常忙碌，是個活力充沛的人。幾乎是在她強力的推薦下，我才終於開始每個月學習謠曲兩次。由於這種技藝必須要跟對老師才能學得好，所以我和脇田一同向一位技藝高超的老師學習。她已經不間斷的學了五十年了，而我才五年。從發聲到所有步驟，她和我簡直就是雲泥之別。完全不一樣。不過，既然沒有人叫我別學，我就盡可能的再學下去。反正就是毫無忌憚的學。

原本我的研究就是專攻日本中世，與謠曲並非完全沒有接觸，更何況我對謠曲的詞句特別有興趣，便抱著學學謠曲「應該也不錯」的心情開始。後來確實發現，除了學曲了過程的快樂之外，在學問的意義上也收獲頗多。它不是「淑女才藝」，可以叫做「阿婆才藝」了。總之，做做看再說吧，我抱定了決心這麼想。

不過第一天上課著實緊張了一番。再怎麼說我之前完全沒學過，而且還是特意與它畫上界線的人。教我們的老師是什麼樣的人？會不會在意我禮貌周不周到？於是我懷著忐忑不安的心情出門。不過，我的朋友說，老師對新入門的學生都很親切包容；而見到了老師之後，發現他果然親切和藹，雖然他是古典技藝的權威，卻一點架了也沒有。了不起的老師反而能讓人學得愉快，我總算放下了一顆心。這位老師名叫浦

㉞—土、槌子：土和槌子在日語中同音。

田保利，聽說是觀世流[35]的「大腕」。我曾經去觀賞過幾次舞台表演，像是〈弱法師〉、〈蟬丸〉等戲碼，情之所至真的掉下淚來，確實讓我們一睹情感與壓抑融合為一的藝術。

浦田家原為佐賀鍋島[36]家的能樂師。上京都後，遂成為觀世流能樂的一代宗師，這是我和老師熟悉後慢慢才知道的。受老天眷顧的是他有兩個才華洋溢的兒子，不用擔心後繼無人。我剛開始學習的時候，他的長公子正在東京的觀世家修業，所以不曾見過，但偶爾會因為一些小事麻煩他的二公子保親先生。當我問他直接繼承父業是怎樣的心情，選擇工作時會不會感到迷惑時，他都給我非常正面肯定的答案。看來才華的代代傳承、謠曲和能樂本身的魅力，自然就會將年輕人送上舞台吧。「能」這種技藝確實有時候十分神祕，充滿了各種擁有特別牽引力的元素。帶我進謠曲世界的脇田女士也是中世史的研究員。我最近看到她表演的「能」，是〈自然居士〉的戲碼。她對我說：「妳一定要來看哦！這部戲劇隱含著中世的世界。妳看了就能明白。」果然如她所說。能樂真是一種不可思議的東西，透過它的「形式」將過去的歷史完美重現。能樂果然是一種極高明的戲劇方式。

平成四年（一九九二年）一月十六日早晨，父親離世。謠曲的第一次修習是在十三日傍晚。父親從十二日起即感身體不適，便躺臥在床。我向朋友說：「今天有點擔心父親的狀況，所以不去了。」然後去廚房忙些雜事。突然鈴響了，是父親叫我。「妳快去上課吧！」父親說。「是嗎？那課不重要，不去也行。我在這裡陪你吧！」父親說：「妳就去吧！」當天學的曲是〈賀茂〉。我稍稍複習了一下就出門了。第一次上課順利結束，於是我又趕回家。浦田家在下鴨，所以結結實實都得花上一個小時，回到家，父親在黑暗中睡著了。

到了第三天，父親卻在我意料之外的走了。之前他還興味十足的聽我複習，表示對謠的詞文也很有興

㊲——觀世流浦田師父子。父子二人將心意寄託於舞台上，演出精采的謠舞。這世上至高的幸福即是此刻了。真是可喜可賀。（下鴨芝本町）

趣，有些佛教的句子他還加了注釋。一點都沒有潑我冷水、嘲笑我的意思，只是津津有味的聽著。

想起這種種回憶，我應該會繼續學一段時間吧。所幸我和同伴都相處愉快，老師對我們這些急躁的弟子總是不厭其煩的陪著一起練。有時候，我穿著不同平日的襯衫去練習時，老師還會逗趣的說：

「這洋裝真特別啊！」

除此之外，稍一留意便不得不覺得這個家真是特別。包括我這種最低階的眾弟子，和其他人在這個家裡的進出、出外教學、到地方上的聚會去出差等，都是夫人暗地裡張羅的，而且她所支持的是這樣古老的技藝，再怎麼說都是男性本位的世界。

㉟—觀世流：「能」是日本中世時代極為興盛的劇藝，是一種包含了舞蹈和戲劇的歌舞劇。明治以後又名「能樂」，包含舞、謠、樂器演奏等三大項。飾演主角的稱為「して方」，分為五個流派，分別是觀世、寶生、金春、金剛、喜多等。謠的歌詞即稱為謠曲。

㊱—佐賀鍋島：指幕府末年佐賀藩的藩主鍋島齊正。

㊳——青蓮院門前的楠樹。樹上有著樹靈，似乎可以聽見無言的聲響。枝幹堅實，好像在呼喊、傾訴著它生存的這永恆歲月的諸多感懷。

佛手。會殺人的手、做惡事的
手、人類的手。但是，對手懷
有美好感覺才能雕出佛手。果
乃真佛手，令人感激慶幸。

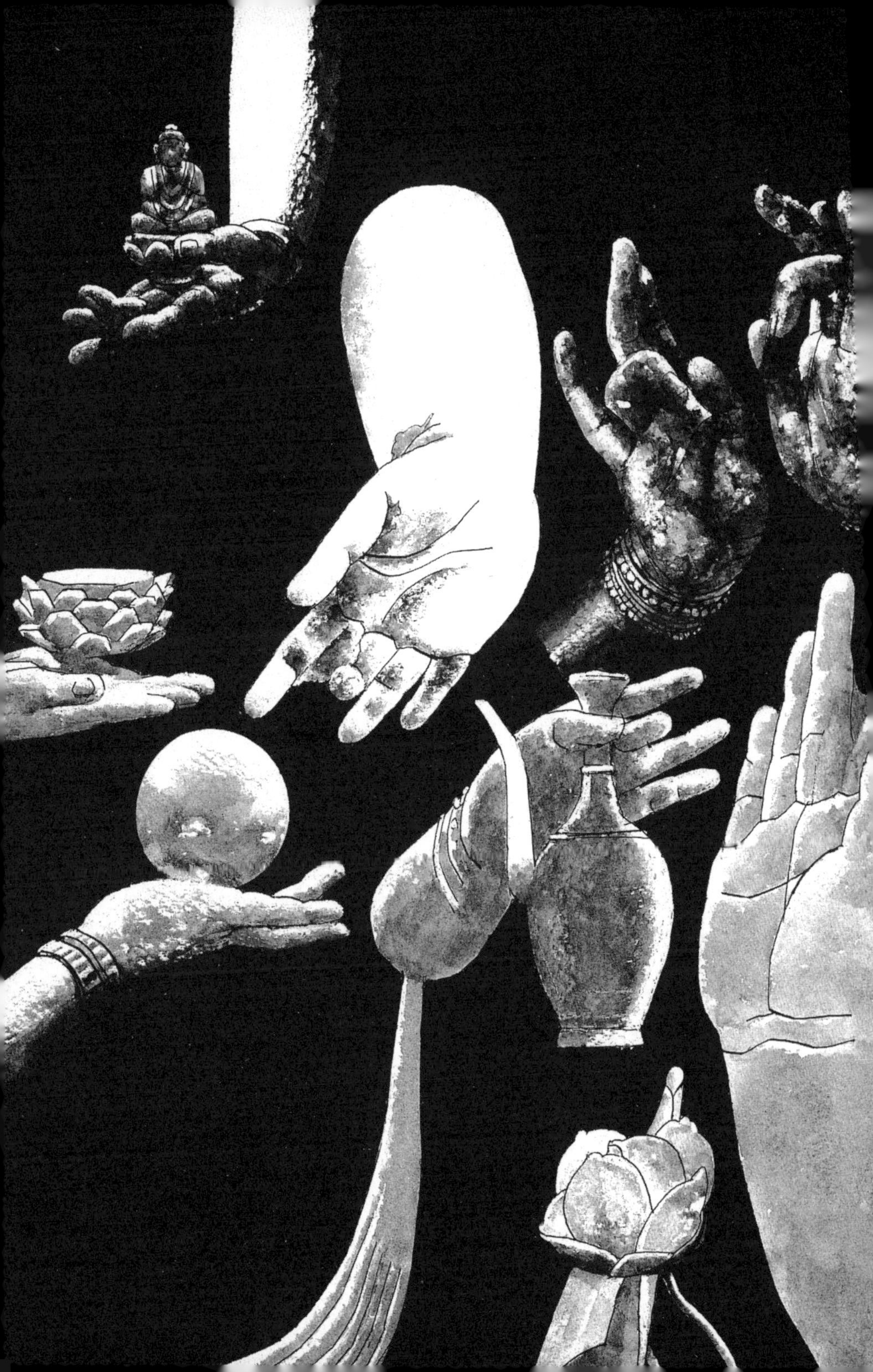

㊴——沙的藝術品。人心追求美感並無新舊之別。這是古老時代的超摩登作品。尤其它是預測月光的宇宙藝術體。（右為上賀茂神社前的沙庭，左為銀閣寺的銀沙灘和向月台）

㊵——八坂庚申堂的布偶猴。模樣令人又愛又憐。做布偶猴的這些婦女，竟能想出這麼可愛的點子。用衣裝剩下來的絹布做成極其單純的布偶，就成了一隻猴子。女人真是心思纖巧。

其他流派的能樂師表示：

「不管人家怎麼說，我就是不願讓女人上能劇舞台。如果女性真的想表演，可以去學囃子或地謠㊲，那些從頭到尾都可以由女人來唱。」

因為話說得開門見山，反而令人覺得夠痛快，一點也不會生氣。只不過學能劇的學生絕大多數是女性。微妙的形成一種兩難局面。總之這個我父母親都完全不曾接觸的世界，我已經慢慢踏了進去，雖然還只是站在門口，但似乎可以窺見這個偉大而強烈的傳承世界。

京都畢竟是個小地方。許多流派掌門家、技藝傳承者的風采，都會變成逸話流傳，或是像在眼前搬演一般。雖然它就像一部遠在天邊的電視劇，但也不是仰之彌高的那種形態，而是可以在相當近的地方觀賞，這應該是京都特有的一種現象吧。果真是有地利之便。

說到「能」就想到「狂言」㊳。我有幸能與大藏流狂言中極優異的傳承者茂山家其中一位——千之丞結緣，因此能近距離看著茂山家族近年斐然的成績表現。藝能是如何傳承下去的？那種能量是如何創造出來的呢？狂言和能一樣都是男性的世界，那麼女性在其中又掌握什麼樣的力量呢？京藝的世界在京都人之間蓬勃的發展著。儘管如此，茂山家還是擁有許多優秀的男兒，從無後繼無人的問題。這對所有人來說真可說是值得慶幸的事。我是屬於一年看兩次狂言的成員之一，所以總是不由得想著這些事。因為能夠安心的跟別人閒聊些「逸平先生如何如何，童司先生又這般這般。」並且快樂的欣賞狂言，那對京都人來說，真是無上的幸福啊！

在謠曲教室，我終於被收為最低階弟子了。鋼琴可以丟，但花盆、花瓶、茶碗卻是誰也不會丟棄的。只要在京都，就不得不為茶與花的世界感到驚豔。一如其他，我對茶、花毫無研究，前面也提過，我按日泡抹茶來喝，是從來不管任何規矩儀式的。「怎麼泡才能泡出漂亮的好茶，而不會起一堆氣泡？」或是「這種麻布巾是用來做什麼的？」我常常拿這些粗淺不過的問題，去問身邊對茶很有研究，甚至膝下已有數名弟子的人，後來逐漸可以泡出不會起泡、味道醇厚的茶來。就算沒有「裏」和「表」，還是武者小路或藪內㊴也沒什麼關係，在糕點得天獨厚的京都，我從不缺乏指導的老師，是以都能過著快樂的品茶生活。我最難忘的是，有人送來了一個碗座，以搭配我放在過世父親供桌上的天目茶碗㊵。我這個大外行竟然問：「天目茶碗是哪一只？」對方查看了我家所有的茶碗後說：「是這只。」「啊？是它！」看我一臉狐疑（這只碗是在舊日本時代，我為了解救一些遭到治安維持法迫害的人，便在他們開的特賣會上，從一堆字畫美術品中挑出來的，當時我根本不知道它是天目），客人莞爾的點點頭，隨即熟練的將那立著的天目茶碗嵌在碗座上。即使喝著我所泡的拙劣抹茶，也會瞇著眼細細鑑賞的父親，現在在另一個世界看到這馥郁的好茶，不知會如何高興呢！

簡單來說，從現在往回算的數十年前，根本連做夢都想不到能過著這樣的逍遙日子。如果去世的母親看到我今天做的事，肯定會相當吃驚吧！

花道方面我也是有樣學樣。花道是有各種流派的，光是京都的流派就多得令人咋舌，有時候新幹線京都站前的穿堂會舉辦京都各流派的大型插花展，除

---

㊲—囃子、地謠：囃子是為戲劇、舞蹈、歌唱等伴奏，或為營造情境時以人聲或樂器演奏的音樂。地謠則是在能或狂言中擔任配角的二或三人一同齊唱的歌曲。

㊳—狂言：狂言也是日本傳統技藝之一。它是將滑稽雜耍「猿樂」的滑稽和卑俗部分分出來，轉化成戲劇的一種劇藝。內容以模仿和寫實的對白組合而成，不同於以舞蹈和象徵性表演的能劇。江戶時代分為三大流派，為大藏流、鷺流與和泉流，鷺流於明治時代失傳。

㊴—武者小路、藪內：指表千家和裏千家、武者小路千家、藪內流等茶道的代表流派。

㊵—天目茶碗：日本原本沒有喝茶的習慣，鎌倉時代末年，茶飲開始流行。當時一位從浙江天目山禪寺回國的日本留學僧帶回喝茶用的碗，一時蔚為風行，並爭相仿造，便稱之為天目茶碗。

了池坊、專慶、未生、小原之外，還有諸多門派，真如字面所形容的——「百花齊放」，多到令人不禁倒吸一口氣的地步。像是民營鐵路車站常常舉行各流派的示範教學，店面的櫥窗用某流派的花來裝飾，我只要經過便把它看在眼裡，學在心裡：哦，原來可以這樣組合；是那樣處理枝幹……然後再向已成一家的朋友，請教該如何讓花吸飽水分，或是如何固定別讓花朵搖晃等，這樣過著我的花道生活。最近終於在某個展覽會上買了一口白色的大花瓶，把店家給我的劍山放在裡面，再插了一大把野春菊放在玄關。若是遇到沒經驗的人，野春菊很容易就會凋謝，所以離水後要在莖的末端敲一敲，再放進水瓶中，這樣它才會吸水。我在附近的花店買玫瑰，老闆還教我要把外側的花瓣先剝掉，這樣才能持久呢。

總而言之，京都最令人驚訝的是，各類師匠真是多，有研究、有心得的人也很多，雖然這並非京都的專利，但是我再次覺得京都真是一座優雅的城市，而支撐其優雅，並以此為業的人更是何其多呀！

## 扇骨師荒谷祝三與染師池田利夫

有兩個人我想介紹一下。說起來，還真是天上掉下來的緣分。

開始學謠曲之後，我的和服穿著也跟著迴然一變。我生活中大約有九成時間都是穿著洋裝。但開始修習謠曲之後，每年至少有三次穿著和服的機會。那是新年會、春秋兩次的「浦聲會」（即浦田門下，連我這類弟子都要參加的謠曲會）。在這種場合還是得穿和服，而且一般主流穿的都是淡色的綾緞。這讓我相當為難；因為我家裡只有紬子布或結城等黑色素淨的和服，縮緬料的為了多少讓我圓胖的身材看起來瘦一點，也都是深色的。母親去世後，她的衣料幾乎全都捐給了慈善義賣，僅有的是我一補再補的大島紬等。這也不能穿到謠曲會上去，那簡直就像在五顏六彩的花園裡突然飛來一隻大烏鴉。四下尋找之際，偶然有個機會認識了一位染織師。那是一九八九年，京都市長選舉的時候。守護在京都盆地三方、美麗而青翠的山丘遭到破壞，高層建築大剌剌的蓋在市中心，高速公路像要俯視家家戶戶般橫跨在房舍間，炒地皮的橫行霸道，設計陷阱對著長年住慣這裡或是靠著各種祖傳手工餬口的居民死纏爛打；為了阻絕這種行徑，為了支持眾人的心願，曾參與市街保存運動的木村萬平先生，毅然決然站了出來。我也幫他動員了一下，就在那時候，我遇到了很多住在京都多年，卻才第一次認識的人。

其中一位是應稱為扇骨師的荒谷祝三先生。

說起扇子，我本來就很喜歡大扇。它幾乎是一年當中無時無刻都不可少的必需品。夏天的熱自不待言，連冬天都因為大家暖氣用得太多，所以無時無刻都需要扇子。印著配合時令的圖案、四季都可使用的花紋等各種扇面，放在大提包用的、宴會用的小扇子，各種形形色色的扇子我都想要。春天時就拿畫有蝶舞梅櫻，或是薊花、燕子花、繡球花的扇子；隨著日月遞嬗，到了花都凋謝的時候，就持畫有銀色圓點或滾邊的素扇。不久秋天來到，這時已是秋日七草㊶獨擅勝場了。有的扇子用上鮮豔的油彩，有的只以銀白或純白顏料勾勒七草。扇骨也有著各式雕刻，或是煤竹（燒成深黑色）、上漆等，光是這個小地方就如此費心，怎不令人愛不釋手啊！母親也喜歡扇子（雖然不像我各式各樣都喜歡），她的手提包裡必定備有一支小扇子。

儘管冷氣機再普及，但扇子還是不可或缺的。即使在冬天吃鍋料理的時候也會熱得直冒汗，我除了帶一把自用之外，還多準備了兩把，以便隨時可以借人一起享用。

我只在實用的意義上使用扇子，可是在京都，扇子在儀式上的需求也很高，婚喪喜慶、茶會、日本舞、仕舞等各種場合都需要用到扇子。說起來，我向浦田老師初學謠曲的時節，老師送給我一把全新的扇

---

㊶—秋日七草：秋日七草相對於春日七草，指代表秋天的七種花草，包括蘆花、胡枝子、桔梗、瞿麥、葛藤、佩蘭、黃色敗醬花等。

子，令我欣喜不已。我雖然學習謠曲，但並不做出仕舞的動作，所以那把扇子顯得有點無用武之地。即使如此，當我們站上觀世會館的舞台清唱謠曲時，扇子卻成了決定大家走台步、比動作的重要道具，若是沒有扇子，全體就不成形了，這時我才體會到扇子的重要性。

即使連最討厭形式的母親，在擔任別人結婚典禮的介紹人，穿上正式和服的時候，最後也會在腰帶別上一片小金扇作為裝飾。以母親的年齡而言，這麼做也算天經地義，但她生來性格如此，是個很懂得穿衣服的人，連腰帶都能繫得很美，從來不會散開；領子也挺得筆直；看母親穿戴和服是一件賞心悅目的事。我經常將母親的盛裝當作一場表演。

母親過世，父親也走了……母親擁有好幾把扇子，而身材肥胖的父親也一天到晚喊熱，沒有扇子的話日子過不下去。手上總是一把大扇子不離身。父親後來上了年紀，身體到處都是毛病，往年不時大汗淋漓的現象也不知哪兒去了，幾乎從來不覺得熱，只到偶爾搖動團扇的程度，也幾乎從來不開冷氣，那樣子真是蕭索寂寥。體重從八十公斤，降到了去世前的五十公斤左右，更是令我感到難過。父親過世後我整理收拾之下，發現從前忙著侍候主人的扇子，從各處的抽屜裡找出來少說也有三十把。加上我的女用扇子，合在一起我家竟有一百多把扇子。我一輩子都不用擔心缺扇子用了。真是一件既傷感又好笑的事。到了盛夏的時候，我喜歡男扇多於女扇。今後，在我逐漸老去的夏日裡，就得仰賴這些藏有父母深刻回憶的扇子所帶來的涼意吧。而我漸漸懷念起昔日扇子的夏天。

賣扇子的店在京都還是多得令人側目。腦海裡想起京都各地街道的時候，總會同時浮現各處經營扇子的店名。因為扇子全立在櫥窗裡，一眼就看得到。

因為是自己喜歡的東西，所以也常常當作禮物送人。只要是京扇子，大家都樂得接受。雖然價格越來越貴，令我有些猶豫，可是看到某支扇柄，想著它適合某個人，就這樣東挑西選買了一堆，也是一件樂事。可這扇子是怎麼做成的呢？有時在等人，為了打發多餘的時間，就拿扇子開開合合的把玩，不經意看到它的構造，才終於發現一把扇子裡充滿了多麼細密的心思。不得不驚嘆這是何其纖巧的工藝啊！真是一種了不起的手製產品呢！雖然中國的工藝品一定也有不亞於日本的精美技術，但是我曾有一把全黑的中國大扇子，竟然不容易打開，可能在中國也算是劣等貨吧！其實那麼大一把扇子，即使不能打開到底，也不是不能搧風，可是拿著那扇子就是說不出哪裡不順眼。相較之下，日本製的扇子就算再便宜也都能「唰」的一聲打開，順手得很。

聽說這些扇子多半是在京都生產。我曾在東山七条附近的博物館前人行道的一角，看到剛做好的扇骨全都攤著正在曬乾呢。嘩！那附近一定是做扇子的大本營吧，心裡正這麼想著，卻始料未及的遇上了一個人，而且是在一個對京都未來感到憂心的市民集會上。他瘦瘦高高的、有點年紀，卻是個相當溫和又爽朗的人。他就是荒谷先生，京都知名的扇骨師。為了京都未來的走向，以及自己投入一輩子的工作，他花了很長時間思索，是個意念堅定的人。儘管他在工作上已是個名人，但還是在生活中加入自己堅定的思想，十分了不起。

由於這次見面的機緣，我有幸去荒谷先生的工作場所訪問。它離我已知的博物館前做扇骨的地方不太遠，就在京都名剎「泉涌寺」旁一條有點深長的巷子裡。我有點迷了路，向路上迎面而過的中年女人詢問，對方應道：「啊，妳是說荒谷先生啊！」便為我領了路。看來他在此地已經扎根相當久了。

那地方該說是工房還是辦公室呢？總之令我大吃一驚。不用說一點藝術工作室的味道都沒有，反而給人從自宅中擴展成工作場所的感覺。房間裡幾位年輕的男女，正熱切的做著各種手上的細微工作。

扇，或是扇子，怎麼稱呼都行，總之就是非常小的玩意兒。但並不因為小，工作就簡單，整個製扇工作是無法獨力完成的。很多人必須一同投入。像是做

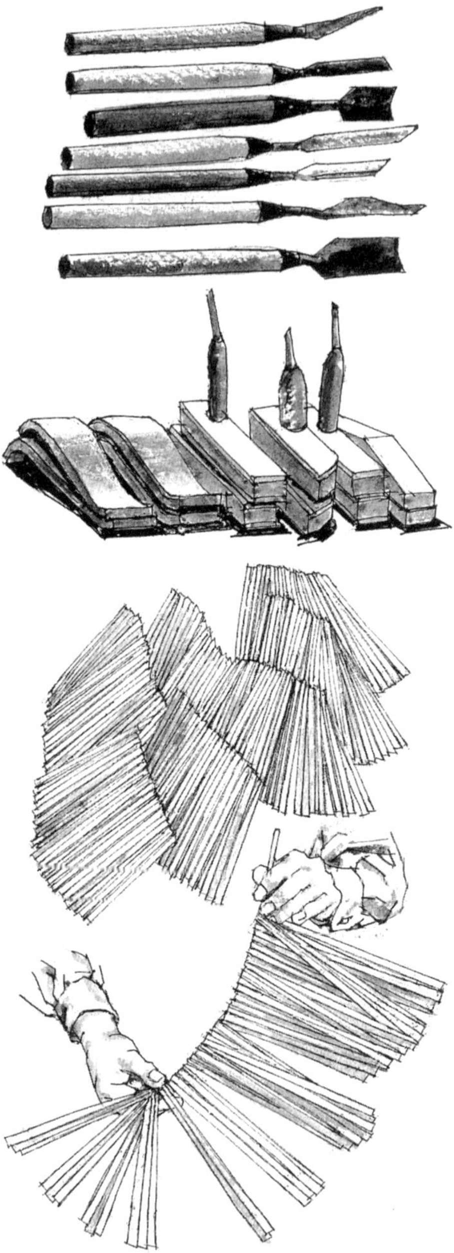

㊶——製作扇骨。扇子，是個美麗的小宇宙。一根竹子在思維的運用下便能千變萬化。處理竹子的工匠需要多麼堅毅、細膩的手藝。（荒谷祝三宅、泉涌寺門前町）

扇紙、壓上錫箔、畫圖、折紙型、將紙貼在扇骨上，這就是事事都要分工的原因。還有最重要的扇骨部分，做起來也非常費工夫。此外，裁竹去節、劈竹片、將竹內側與竹皮分開、在扇骨上穿孔、將扇骨磨細、做成扇骨的形狀、曬乾、再磨扇骨、上漆、削平、穿釘等大約分成十個階段的工作，這就是還需要幾名助手幫忙的原因。聽完他們的說明真是大為嘆服。我從提包中取出自己的扇子，甩開扇面凝視良久，不禁再次感嘆。

荒谷先生在這個名為「あてつけ」㊷的工作上，傾注了半生之力。從前，劈竹這種將竹皮薄切而下的手工藝，現在已經可以用機器做了。把這些薄劈的竹皮在扇軸處鑽洞，然後用竹片串起來是荒谷先生的第一要務。而「あてつけ」的工作，就是將竹片串成三十片，鋪成板狀，綁緊；然後不斷的搥打使其變直。原來如此，仔細一想，竹子本來就是愛往哪兒彎就往哪兒彎，是有自己個性的。這工作就是把所有的竹片全都打成一般直。變直之後，荒谷先生再用專用的包丁將竹板再削過。聽說，為我們遞送涼風的扇子，最高等級的那種是邊骨兩片，中骨三十三片。但我將自己的諸多扇子打開一數，何止是三十三片，許多還多達四十片呢。那些削得薄了又薄的中骨，不久貼上扇紙，上半部就會消失於無形。這工程是多麼細緻呀！扇的末端逐漸變細的部分，呈現出自然的柔和及可愛。到了扇軸，要與扇紙告別的部分，則在扇頭處鮮明的表現出自我：「看，這才是我的本色！」雖然紙的部分最惹人注目，但若要說功能與裝飾兼具，則首推扇骨了。透過荒谷先生的製扇作業，我漸漸能體會這種感想。

扇子可說的還多著呢！除了一把在手揮去暑意的實用品之外，舞扇則具有另一種可稱之為絕妙的部分。跳扇子舞的時候，持扇者不時將扇子丟向空中，然後像「回力棒」一樣，扇子的軸部會再落回手中。一般的扇子是做不到這一點的。舞扇卻可以。這其中是有魔法的。據說是在邊骨的根部塞了鉛。這又是一大驚奇。而且荒谷先生會依據每派掌門和每位舞者的要求，增減鉛量。哇！這不是魔法是什麼？只有人類才能做出這麼完美的工作。

「あてつけ」之後，變得筆直成型的扇子，在太陽下曬過、磨過、再削薄。這時候扇骨再次回到荒谷先生手中，他把扇軸串起來，然後交給中付師㊸。

後來，荒谷先生發了一些牢騷，說起最近令他心煩的事。就是竹子。現在全日本各地不斷的開發，不是高爾夫球場，就是休閒中心。倒也不是叫人別再興建社區，但是為了一些奇奇怪怪的娛樂，就得消滅像

---

㊷—あてつけ：將已經穿了線的扇骨鋪平放在平台上，再用小刀、鑿子削成扇形。

㊸—中付師：中付師的工作就是在扇骨上糊，然後插入打開的扇紙之間。

竹林這樣的植被，以致於各式各樣的手工藝都面臨極為危殆的狀態，這種情形怎能不叫人生氣呢？現在竹材必須仰賴山陰、九州，從前光是京都的竹子就夠用的，想來這世風日下，多令人心涼啊！

海的彼岸——中國也產竹，但是他們的竹子粗率而野性，據說是不適合做扇骨的。

荒谷家裡許多年輕人一同工作的景象，看了頗令人欣喜。但最讓人安慰的還是與荒谷先生背對背工作的那位——他的兒子——也投入了這份工作。作家松本章男所寫的《京之手藝》（學藝書林刊行）一書中，曾提到：

> 他突然停下手邊的工作側耳傾聽著。他聽著背對他、做著同樣工作的兒子手上包丁的聲音。在成型時是否有些微的差錯，他光是聽聲音就能知道。

除了感佩之外，再無其他。

總而言之，扇子就是一個小宇宙。它是集合了許多的人、許多的工具、無數的心意和技藝才能完成的一種製品。而扇子經過一段揮動的歲月，最後就被扔掉了。人說「夏爐冬扇」㊹也不無道理。但最慘的是，扇紙的上端開始變得軟軟爛爛的；紙的張力逐漸消失；扇骨也沒壞，就是疲了。最後收也收不緊，散成一片，成了沒用的扇子。以前每到這種時候，我總是不假思索的把它扔了，但訪問過扇骨師荒谷先生之後，心裡卻總是有份留戀，難以下決心扔棄。

總之，往後扇子在我的人生中應該會更加生動而活躍吧！雖然還不至於會做出「向夕日回禮」㊺之類桀驁不馴的事，但有次在離拿洋傘還太早的四月，因為陽光太強了，我竟不假思索拿起扇子來遮陽。雖然一面消遣自己真是個老骨董啊，但心底也有一絲絲喜悅。

在一次熱烈的集會之後，趁著順利完成的餘興，會員們找個了地方慶祝。走上事先已經預訂好的店家二樓，餐點已經一一擺好。沒裝紗窗的小窗口開著，竟然飛進一隻蒼蠅來。「哎呀、嘿啊」大家一陣騷動。我叫大家等一下，好整以暇的從皮包裡拿出一把大扇子，「啪啪」揮了兩下，就把蒼蠅趕到外面去了。對這把扇子有點不太好意思，不過這也算功能之一，而且比起用報紙來打蒼蠅更添一分風流。

嘆了一口氣告別荒谷家。沒過多久，我收到荒谷先生寄來的精緻禮物。其實我在採訪之際，也有著強烈的念頭想請荒谷先生惠賜一把扇子，但最後還是沒辦法厚著臉皮說出口。他送來的扇子大小各一，分裝在兩個盒子裡。塗成烏紫色的扇骨設計成波浪狀，令人看著便覺清涼，扇紙的底部噴上金銀細粉，角落寫著小小的「京扇子傳統工藝士荒谷祝三」。包裝紙的四邊綴著喜氣的細紅線，上面寫著：

創業百貳拾五年　京扇子傳統工藝士
繼承家業　荒谷祝三
入此道五拾年

可喜可賀啊。我微笑著把兩把扇子交互的一開一合，一面搧著涼，心裡覺得真是幸福極了。

現在伏案寫這篇文章時，又拿出這兩把扇子。扇子送來的時候，我自然呈給父親看了，但父親卻不知何時在上面提了幾個字。

扇若此文，末端展開㊻但見家心。

唉，如果父母親都健在的話，我就將大把的送給父親，小巧可愛的獻給母親。如今我只能獨自一人把玩這兩把扇子了。

我剛才說過扇子是消耗品，話雖如此，我還想附帶多寫幾個字。雖然哪一天還是得扔掉，但和紙做的

㊹—夏爐冬扇：指過了季節，就沒有用的東西。
㊺—向夕日回禮：能劇謠曲〈難波〉中的一段歌詞。
㊻—末端展開：扇子由於是從末端展開，所以在日本自古又稱「末廣」（すえひろ），廣即展之意。

扇子要比布料等材質的扇子更持久。和紙十分堅韌。類似絹料的布所做的扇子雖然較為嬌豔，但和紙做的耐用得多，可以用好幾個夏天。這是我試用兩者之後的經驗談。

在京都町區保存的各項活動中，我又認識了另一位匠人，一位染布的師傅。他自稱染師，如果稱荒谷為扇骨師，那麼「染師」這名稱也算是拍案叫絕。

前面曾提到剛開始學謠曲的時候，我非常需要穿著和服。但我以前的衣服根本上不了檯面，必須準備幾套新的。就在這個時候我認識了染師池田利夫。他的體格壯碩，像是常在勞動的人，與染布這種事的形象頗有差距。池田與川端道喜十分熟稔，事實上，他還特地送來在我家掀起小小騷動的「花瓣餅」。就在我心裡想著，「這真是個老實中肯的人哪」的同時，

㊷──藤田藝術屏風的圖案。人是為了做出如此美的織品（西陣織）才誕生在世間嗎？如果這麼想，世間的憂慮應能暫時散去吧。大膽纖細、明豔動人，卻絕非華美，展現的是壓抑的美。

他建議我去參觀一個展覽會。那是個布料展覽會，展出的「鮫小紋」㊼加上暈染，深沉但華麗，格調高雅而且價格實惠得令人難以置信，總之好康的全都有。會場在祇園新門前的「水谷」藝廊。那地點對我來說很方便，所以我就去看了一下。果然，都是非常適合我的式樣。極鮫小紋染著從來沒見過的暈染色調，高雅美麗。我不禁睜大眼睛，感嘆它的奇妙。池田是個擁有新奇力量的人，他對電腦的運用也相當拿手。他應用電腦繪圖的原理（雖然我完全不懂那是什麼），在鮫小紋上做出暈染，也就是濃淡的增減。雖然現在鮫小紋大都使用機器染了，但池田卻使用與江戶時代相同的紙型，壓在布上一點一點的用漿糊防染，然後染上底色。機器染絕對做不到的暈染，他則是花了相當大的工夫研究出做法。而他使用的固體色糊㊽，這種劃時代的做法已經拿到十年的專利了。

總之，做出來的成果好極了。色澤沉穩，而且在平時不適合穿著小紋服飾的儀式上，也都可以穿。我請他幫我染一塊以紫為主色，暈染部分則是雅致的土黃色布料。做出來的質感非常奢華，但價格卻一點也沒有奢華感（只要原價加 $\alpha$，沒有中間地帶）。我很快請人做好，找了一個機會穿上。謠曲的浦田老師長男保浩先生的婚禮，我便是穿著它去參加。沉斂優雅，絲毫不會招搖亮眼，穿起來真是愉快極了。不禁希望我那很懂得穿著的母親也能穿穿看呢！每當遇到京都的好東西和好人，都令我更加思戀母親。

## 令人領會京都深奧的藤田藝術

經由這樣的訪談，知道京都還有這麼多人繼承了精湛的工藝，將過去和未來聯結起來，就感到無上的喜悅。京都還是有生機的。這些人紮實的手藝，以及他們對京都的愛，在實際接觸之後，也令我湧出了勇氣，再也不用天天感嘆「京都已經不行了」。有人憤

㊼—鮫小紋：指以染工染出如鮫魚皮一般，細小的圓點紋路。
㊽—固體色糊：將染料和漿糊混合而成，在染小紋時使用。

怒、感嘆，但也繼續熱中於工作。這些製造出無上精緻，而且是實實在在「物品」的人，不會用什麼「活性化」、「朝未來發展的活力」等標新立異的字眼，只是用自傲的技術，與評價者進行交流增長見識，從中衍生出屬於各人的「京都論」。於是我也跟著產生了一個信念——不要只在感嘆中過活。我們應該像他們那樣繼續努力。這就是生活在京都的喜樂。

在京都，要盡力生活有許多不同法子。我來談談最近真心佩服的一位女性的故事吧！

這位女性是藤田良子。多次機緣與她結識，但直到最近我才對她有了新的評價。京都這個城市總會有些具有各種才能的人，待在難以意料的地方。她住在西陣，地名也十分雅致，叫山名町。那是應仁之亂的時代山名宗全的根據地，而她是那一帶一個大戶的東主。

這位女士目前是「未亡人」。我對這個稱呼相當反感。遭逢這樣境遇的人幾乎都口徑一致的

㊷——藤田家。西陣的獨特韻味體現在建築。看到這棟宏偉的大宅，很想大喊一聲：「不管世界如何變化，西陣是永遠不滅的！」（堀川通今出川上西入）

對此表示憤怒。「現在還沒有死的人」是什麼意思？這名字在在說明了她還活在世上嗎？把藤田良子叫成未亡人真是會有受騙的感覺。只要看到她生氣勃勃的優雅生活，實在是與這個稱呼搭不上邊。她過世的丈夫是西陣腰帶批發商的老闆。但是掌櫃先生把生意經營得很好，因此，就算藤田不到店裡去努力銷售腰帶也沒有關係。資質優秀的他曾經在京大經濟學系就讀。正好那時候有位名教授蜷川虎三在京大，年輕的學徒藤田二朗就拜在他門下。蜷川教授的弟子原本就組織了一個「昭友會」，在蜷川虎三當選為京都府知事時，從各種意義上，昭友會都算是他的幕僚。會中有不少成員後來直接進入京都府廳，以知事的心腹在各局部會表現突出。藤田二朗也是其中一人。我們有直接接觸是在他擔任京都府立大學事務局長的期間。因為我們是個很小的學校，教員與事務局長之間的關係也十分緊密。

在那時候，我對他夫人其實並不熟識。不過

❹——看到這棟房子，不知不覺的發出驚嘆。很想對著房子說：你在大空襲中沒有損毀，真是謝天謝地啊！高樓大廈算什麼嘛，真想跟它們別別苗頭。（大塚宅，堀川通西入二条城北）

倒是耳聞二朗先生的母親十分長壽，精神矍鑠，而且聽說她是道地的京都人，說一口漂亮流利的「京腔」。一聽到這事，我便不請自到，登門拜訪。那時候我正在寫一本與京都語有關的書。老太太打扮得清爽端莊，令人著實感受到她是個高尚而明理的「一家之長」。人說京女的特色就是逢人只說三分話，對人隨時藏著戒心，卻把話說得很漂亮，所謂「嘴上帶蜜」，但老太太完全沒有這些習慣，毫不見外的侃侃而談，還把她自己寫的貴重筆記借給我。凡我請教的事，她都知無不言，所以跟我聊了很長一段時間。有關這位藤田津也老太太的後話，成了我新書《生活中的京腔》（朝日新聞社刊行）的壓卷之作。而她本人對於能在書中出現，也感到非常高興，算是一切都很圓滿。

不過，不久後，悲傷的事便接連造訪藤田家。首先是津也老太太，儘管身邊的人無不期待她能在這世上一直延年長壽，但她卻沒多久就撒

手人寰。更不幸的是，藤田二朗先生也在從府廳卸任後，遽然而逝。

一棟大宅院只剩下夫人獨自一人。不論怎麼說，家裡原本就是和服腰帶的批發商，家宅裡做生意的部分與居住的空間，既能圓順交融，卻也能清楚切割。若要提到其住宅領域之美，簡直令人瞠目結舌。藤田宅是昭和初期的建築，是一種茶室的形式，但其實小地方都做得非常細緻。尤其是門、窗的技術更是好得令人驚嘆。茶室隔著中庭設在北側，接待室也不忘備有暖爐，保留了大正時代浪漫的餘香。我們家雖然同樣也是昭和初期的建築，跟他們家卻有如雲泥之別。每每令我感嘆再三。

房子的天花板很高，老實說因為南側部分作為店面，接待室雖有暖陽照耀，但冬天多少有點寒意。現在為了讓屋子升暖，頗費了一番工夫，而客人卻回以「若是能再涼一點就很舒服啦」，對應的技巧可謂出神入化。連拉門也塗上一層

㊹——雖然不知道是誰家的宅邸，但若說到「那邊的那棟房子」，大家都會點頭表示知道。真如文字所形容，是一幢宏偉的建築。房前的樹木枝繁葉茂。建材取自自然，而房子本身則宛如綠洲。（三条通白川沿岸的老屋）

漆，令我對「有錢真好」有了一套異於常人的解釋。母親生前常說若是有一千塊錢就可以弄弄天花板，有了一千塊錢就可以在哪裡做點什麼之類，慢慢的我也領悟了這種差距。

然而，這建築並非暴發戶型的，而是真正有品味，一點也沒有用鈔票堆出來的感覺。極盡收斂之能事，看了讓人心情舒爽，是一種與民家風格正好相反的精緻宅邸。不論去拜訪幾次我都一樣鍾愛它。不過再怎麼好的宅邸，曾經也是住過熱熱鬧鬧的大家族，出入店門的人更是頻繁，現在卻突然成了一個人獨居，這種對照極端的淒清又怎能消受呢？良子女士原本是個開朗、直爽又溫和的女人。夫君二朗遽逝後應是十分消沉慘澹。旁人雖然為她打氣，但再怎麼樣都是外人。有時候一些女流會來向她借房間做小型聚會，在外面叫了便當進來吃，就會拜託良子女士幫忙煮個味噌湯之類的，竭盡所能的把宅院弄得喧囂熱鬧一點。

這該怎麼辦呢？我們雖然心裡擔憂，但除了遠遠的守護之外，也別無他法。不過，女人真是擁有不可思議的力量。良子並沒有一直陷在悲悽之中，漸漸的就恢復了以往的開朗。房子該怎麼處理？尤其是店已經歇業，大部分店面有沒有可以利用的方法？——她應該也聽了很多人的建議，但最後，原來的店搖身變成了一個名為「藤田藝術」（Fujita Art）的藝廊。有時我也會去參觀在那裡舉辦的展覽，像是精緻的紙人偶展，在在呈現出能或歌舞伎、舞蹈等各種場景。巧妙的發揮了和紙的優點，充滿了歡愉的氣氛。雖然臉上並無眼鼻，只是白著一張臉，但也非常美麗。每尊人偶只有八公分左右，細微處其實都是手工做的。這樣的技巧只有和紙才可能完成。人偶的製作者已經辭世，成了一個遺作展。但會場中也展出他晚年所收弟子的作品，是一個讓人跌入夢幻世界的可愛展覽。良子就像這樣負責擬定一個計畫，成功的將展覽的內容與場地融合在一起。

另外還有染織的作品展，有時候也有一些畫展。不管怎麼樣，現在，藤田家算是重生了。女主人抱著欣欣生氣的願景活了起來。從前各色腰帶搖曳飄蕩的地方，綻放了另一朵花。

另一些時候，我會去造訪那令人懷念的接待室，悄然的午後，隔壁的工廠傳來「卡嗆卡嗆」的機械聲。畢竟這裡是西陣。那陣子，正是現任天皇即位禮不久之前。

於是有了這樣的對話：

「他們的工廠正準備要織橫絲呢。」

「哦？橫絲？只織橫絲嗎？」

「是啊。直絲是由其他的工廠織的。」

「這麼說起來，西陣織還真是不簡單哪！」

話題說到這裡，於是又順勢往前推。她拿出了一座非常漂亮的屏風。那是大正天皇、昭和天皇「登基大典」時貢品的碎布拼貼成的。所謂的「織」，怎會如此極盡纖巧細緻呢！只擁有幾條和服腰帶的我只能感嘆，那又是我無緣接觸的另

㊺——はり清。沒有令你瞠目結舌的價格，建築也很美，值得去一次瞧瞧，是我非常推薦的料亭。因別人邀約而第一次造訪此地時，當時的感動令我久久難忘。（大黑町通五条下）

一個世界啊！其花紋式樣之美，數十年如一日的鮮麗色澤。最令我感動的是，那些作品其實是十分新穎而時髦的。土氣庸俗之類的字眼根本用不上。豔麗而大膽，而且充滿格調。真是了不起。不愧是西陣織。我逐漸感受到它的力量。

我想起了許多往事。以前為了向「育友會」演講，曾造訪過西陣的幾所小學。這些小學原本就是京都市內擁有輝煌歷史的老學校，在地方人士的熱心支持之下，學校都修繕保存成宏偉的建築。連磁磚鋪成的部分，也都做得十分細緻，難以想像這只是一所小學。石柱上則刻著美麗雕像，其堂皇氣派是戰後馬虎草率蓋的學校難以相比的。校名取為日彰、銅駝、龍池、崇仁、開智、立誠、成逸、乾隆，皆來自漢籍。說起來，應該是明治初期剛剛制定學制時，各地士紳希望自己的子弟前去就學，才使用如此醒目的文字。可以感受得到他們的不凡氣概。

曾拜訪過一所西陣的小學，他們校長室裡的

後頁 **各種京人偶。雖然只是單純把玩的玩意兒，卻有點宗教的意義，是一種會令人有些敬畏的玩意兒，屬於土地的玩意兒。京人偶的世界也是既深且廣。**

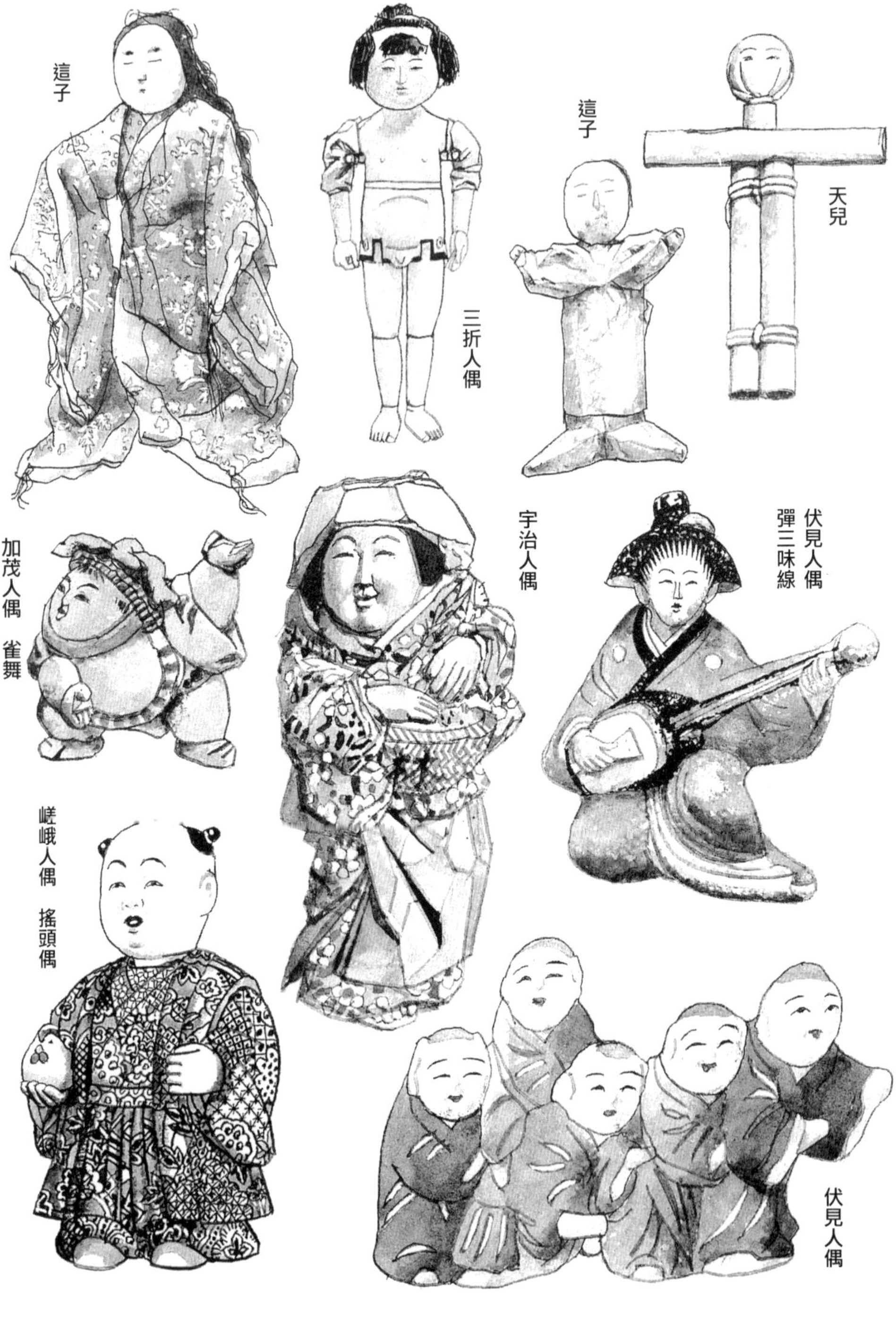
這子
三折人偶
這子
天兒
加茂人偶
雀舞
宇治人偶
伏見人偶
彈三味線
嵯峨人偶
搖頭偶
伏見人偶

有職雛人偶

哭泣三折人偶

御所人偶

御所人偶

御伽犬

桌子、書櫃和紙屏風全都是貨真價實的骨董。考究得令人驚訝。像那樣的東西，絕對得請他們別隨便更新才行。那所學校也有一座由校區人士編織的拼貼屏風。把那座屏風當成背景來演講好像自己過於沾光了，不過心裡倒是很高興。育友會的會長還送給我一塊說是從能劇衣裳剪剩的唐織布。直到現在我都還收藏著。那是閃耀著絢爛能劇舞台的美麗紀念。

拜訪過「藤田藝術」和小學之後，我越來越緬懷京都的深奧。同時也越來越覺得應該好好珍惜京都這種深埋在底層的力量。然而這類型的小學現在已逐漸廢除或合併，這時代真令人情何以堪。幾乎每天都可以看到，京都的歷史在「格軋格軋」的聲響中逐漸倒塌。即便是個與那地區無關的人，看了都會心痛，更別提那些曾在學校中就讀的學子，肯定也有切身的悲痛吧。雖然各地要求暫停，尋求更好解決方法的呼聲很高，但是無情的行政體系，還是不知滿足、聽不進任何話的強硬推進。

## 新町百萬遍——進進堂的麵包與我的青春時光

我是在昭和二十一年（一九四六年）九月底從東北大學畢業。很多人聽了都狐疑的問：「咦，這時間真怪，怎麼不是春天呢？」其實當中有很深的緣由。那時戰爭打了十五年，已到了末期，是日本人為自己引發悲慘愚昧行為的收場時分，戰局在在呈現出瀕死前的痛苦掙扎。不論是人還是物資，一切都不足。年輕人也有很長一段時間不能專心念書。由於想快點離開學校，我提前了半年自女專畢業。九月底從專校畢業，九月初早已參加了大學入學考試。進了大學終於浸淫在真正的學問世界，這才鬆了一口氣，然而專精於學業沒多久，學校又關閉了。學校開始所謂的勤勞動員，所有人都投入辛苦的勞動中。接著是大空襲、戰敗投降。好不容易學校才再次復學，我拚上全力撰寫畢業論文，但因為求學生活可說是支離破碎，所以

㊻——京都文化博物館。明治「高領」時代，天皇離去，京都頓失重心時，京都人曾以文藝復興的抱負努力重建雄風。在文化博物館中俯首皆是這些京都人的想法。

㊼——進進堂。據說是為我家蓋房子的工務店經手建成的。這家位在百萬遍一角的店，可以說是另一個京大。（北白川今出川東大路東北）

花了相當大的精力才把論文寫完。真是奇蹟般的，論文還算寫得不錯，後來還刊登在某學術雜誌上。

這時候的我不論怎麼看都只是「半吊子」。回到京都半年之後的第二年春天（學校行事恢復常軌，春天再次成為一切的起點和終點），曾向不收女生的京大頻送秋波，只前往仙台東北大學念書的我，畢業之後終於能進到京大研究所就讀，想來真是感慨萬千。雖然一面工作，但這是我第一次體會到研究的醍醐味。有一段時期我對自己的能力沒有信心，深為煩憂，度過這段低潮之後，我漸漸蛻變成一個學習者，不再是東北大學時期的我了。在那段真正享受青春的時光中，京大的吉田㊾、百萬遍㊿附近的許多地方帶給我許多難以忘懷的回憶，如今也經常光顧。

最值得一提的，就是學生最愛去的地方「進進堂」。進進堂現在自然已經成為名貫關西的店

㊽──同志社大學安默斯特館。是同志社的象徵。京都與同志社淵源深厚，不提同志社就無法講京都的明治時代。（今出川通烏丸東入）

家。平成二年（一九九〇年）該店迎接六十週年，這段開店史也確實是意義深遠。

戰敗投降之後，日本國內的糧食狀況比起戰爭時期更為拮据，甚至到了連路邊的草（野蒜）都拔來吃的地步。麵包更是非常珍稀。我們都是拿著混雜了麥麩的麵粉，到麵包店去換麵包回來。去京大念書之後，我也曾幾次拿了麵粉到進進堂去換。當時，進去必須報上自己的姓名，我覺得「壽岳」似乎有點自我吹噓的味道，又想起父親在成為他大姊夫家的養子之前，應該是姓「鈴木」，所以我就報上此姓，便得到一條硬梆梆的褐色紡綞麵包。

即使知名如進進堂，在六十年前剛剛開張的

㊾──吉田：京都大學分為吉田、桂、宇治等三個校區，此地指吉田校區附近。

㊿──百萬遍：京都大學附近。京都大學附近有個知恩院，該寺屬淨土宗，為往生者超渡時，率先念佛一百零八萬遍，後即稱知恩院為百萬遍。

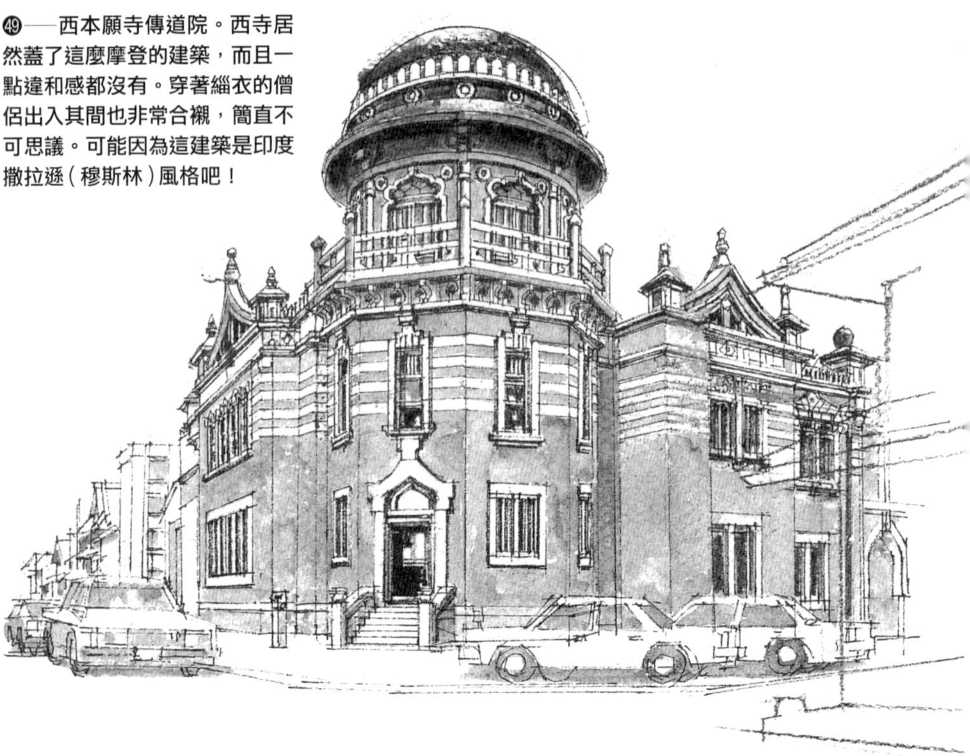

㊾——西本願寺傳道院。西寺居然蓋了這麼摩登的建築，而且一點違和感都沒有。穿著緇衣的僧侶出入其間也非常合襯，簡直不可思議。可能因為這建築是印度撒拉遜（穆斯林）風格吧！

時候，世道正是艱難，「為京都做出美味麵包」的想法早就拋諸腦後了。做紡織麵包想必也不是他們的本意吧。不過熬過那段艱險的時代，現在的進進堂可是生意興隆。目前京都的麵包市場大概是怎麼樣呢？有神戶來的Dong、Juchheim以及Fauchon，簡直就是戰國時代。進進堂則走進超市，以大眾化等級在京都市內擴展領域。不過，這裡所說的大眾化是指量的方面，質是絕計不差的。每當我看到一些宛如荒野一匹狼、咬牙艱難經營的麵包店，就會想像從前進進堂的模樣。

雖然人家都說它是麵包店，但從以前到現在，進進堂一直都不是一家只做麵包的店。它背後有高遠的理想支撐著。據說創始者有相當濃厚的基督徒思想，而且他們的目標是京大學生。昭和五年（一九三〇年），進進堂在現在的店址與大眾見面時，想必是當時不得了的大事。不久之後店裡成立了餐飲部，那就是經營至今的進進

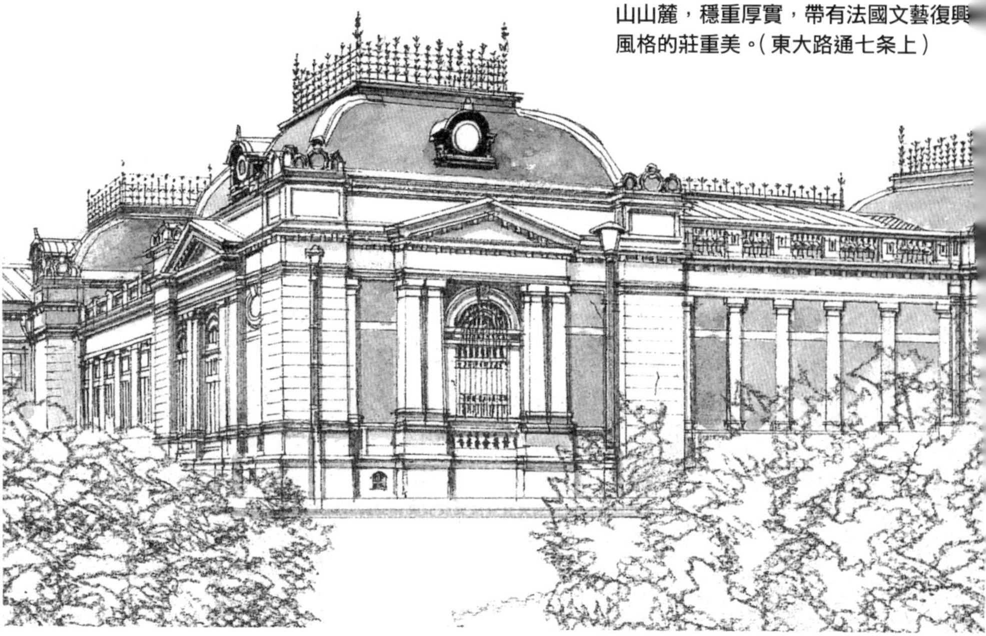

㊿——京都國立博物館。博物館位於東山山麓，穩重厚實，帶有法國文藝復興風格的莊重美。（東大路通七条上）

堂，其光輝歷史的原點。

昭和二十五年（一九五〇年）前後，當時糧食供應仍然不太理想，京大全校師生幾乎輪流上進進堂。我和國文系的人也經常去。那時吃些什麼喝些什麼，我已經記不太清楚了。總之，有黑田辰秋打造的、上了漆的山毛櫸材大型桌子；還有不容易駝背的單純長條椅，坐起來非常舒適。所以有人問起，我就會說：

「那我們去進進堂吧！」

有這麼一說，當時很多學生的小組討論和講課都是在那裡進行的。這個傳言半點不假。點一杯咖啡之後就黏在椅子上，一般餐廳可能不太歡迎。但是進進堂對這種客人卻一點都不計較。甚至可以說他們還很歡迎這種客人。我記憶中好像在那裡讀過《伊勢物語》還是什麼書。原本我是不會做這麼「高級」的事。那時候流行什麼「××小姐」，於是有一個愛搞笑的國文系學生就說：

51——第一勸業銀行京都分行。不管是不是去銀行，途經烏丸三条時總會忍不住讚嘆一番。紅色磚牆上有幾道白石橫過，不管何時看到都覺得真美啊！

「那我們也來選個『國文先生』吧！」逗得大家哄堂大笑。

這雖然是個趣談，但是老實說，我剛進研究所的時候，進入大學部的學生（這些人幾乎都奉派去參加學生動員，經過九死一生才回到故鄉，身上還穿著海軍或陸軍制服，配戴軍刀，連書包都是軍用的），年齡大約都和我不相上下。我只是比他們在舊學制先讀了三年。即使如此，我的大學生活空洞無趣，不過是及格邊緣畢業，所以在知識和學力上跟他們也是半斤八兩。說不定他們的知識還更有力量呢。而其中一位同期生提出了「國文先生」這樣的想法，那個學生自己唱獨角戲，倒也真把這事推動起來，選出了一位國文先生。雖然這事越走越變調，令人不敢恭維，但是那屆學生當中，還真的有兩個英俊的男學生。

「該選哪個好呢，考慮之下，〇〇的頭腦令人有點擔心，□□這一點就沒問題。還是選□□吧。」

52——蹴上淨水場。杜鵑開花時的美景令人難忘。花朵從丘陵腳邊的建築旁傾斜飄落。建築物不可對人有壓迫感，一定得具有柔和感。

結果他一個人國王點兵似的就這麼決定了。眾人一片愕然，不問對錯也都默認了。故事到此告一段落，後來也沒有下文了。但我總覺得這件事荒腔走板得十分可愛，因而記憶深刻。只要一說到進進堂，就會想起這件事來。現在我還和那位國文先生排名第二的候選人時有聯絡。每次看著他的頭，就會想起在餐廳中央靠東的位置，那段幼稚的閒磕牙時光。

進進堂桌椅的製造者黑田先生也經常來我家。他雖已成為聲名遠播的木工匠，但在為進進堂製造桌子的時代，他說不定還只是個沒沒無聞的年輕工匠。不過，他和民藝協會的人相熟，在河井寬次郎的府上與父親經常見面，在這個緣分下，我家裡也多了幾件黑田先生製作的茶几。另外，父親總放在身邊的心愛拆信刀，也是他做的。這位黑田先生桌椅的做工精緻，並不因當時還年輕就顯得生澀，而是燃燒著理想年輕人才有的閃耀光華，即使經過六十年也不曾改變。難道

㊸——京都大學人文科學研究所舊本館。位於僻靜、優雅住宅街的一角。從前稱為東方文化研究所。在我的青春時代，也曾懷著戒慎心情在這裡出入。（北白川東小倉町）

如今只剩下我們還能這般隨意的使用黑田先生的作品嗎？

另一件事我也覺得是一種緣分。進進堂的建築施工單位是「熊倉工務店」。而先父母建造向日町的家時，請來的營造商也是熊倉工務店。進進堂完工後兩年，我們家也蒙受了熊倉先生的照顧。昭和四十八年（一九七三年），進進堂的建築已經老朽不堪，也還是託請熊倉工務店進行復原改建工程。當時的過程都記載在《卡爾契拉丹（Quartier Latin）京大北門前進進堂六十年紀念誌》當中，摘錄一段如下：

> 昭和四十八年，因麵包店、餐飲部急遽老朽，尤其是麵包店天花板的噴漆處於危險狀態，因此由熊倉工務店進行復原改建工程。這段時間，一位自稱昭和五年本店初建工程中曾以小雜工身分來工作的老木匠，每天總是獨自留到很晚，自得其樂的調著油灰工作。大約做了一個多

54——京都府立圖書館。在岡崎附近有許多建築，其中最具個性的懷舊西洋建築就是它。據説它與法國新藝術風格有關，總而言之，説到知性活動，沒有比它更適合的場地了。（岡崎成勝寺町）

月，令人印象深刻。

讀到這一段，腦中突然靈光一閃。我想起來了！是那位泥水匠！那位名叫粟田的先生。我們家從興建以來已經近六十年。當時也給這位工匠添了不少麻煩。昭和八年（一九三三年）房屋興建期間，總是叫我「大小姐」的那位年輕泥水匠原來還在呢！他的一生就是在塗抹牆壁中度過。進進堂現在也獲得此人一臂之力，真是令人感慨萬千！

另外還有一個與進進堂有關的精采故事。刊登在某雜誌的鶴見俊輔先生與日高六郎先生⑤1的對談之中，曾經提到進進堂的故事。話說進進堂的社長在戰爭最慘烈時期受召入營，在戰地中，有一個中國人被懷疑是間諜而被抓了起來，第二

⑤1—鶴見俊輔、日高六郎：鶴見俊輔，現代哲學家。日高六郎，社會學者。

⑤⑤——北國銀行京都分行。我總想著該進去這家銀行看看，有次為了福井大學兼職講師費而必須前往領取，心裡喜不自勝。它是大正五年的建築，一個美好的時代。（烏丸通蛸藥師角）

天遭到行刑刺殺之際，上級命令每個日本士兵都要捅那男子一刀。當時有一個日本士兵是虔誠的基督徒，也就是進進堂的社長，他拒絕執行這個命令，因此遭到極嚴酷的私刑，幾乎到了生不如死的地步。「你這種傢伙，根本不是人，是狗！」日本上司破口辱罵道，並且踢他、踹他。最後命令他啣著自己的鞋子在營區內當狗爬。

看完之後我心頭一緊，大為感動。人類是如此可堪造就的生物，如果所有的人都存有這樣的念頭，我深信和平憲法就會因此落實了。但也有人對我說：

「那是不可能的，能夠做出那種事的人是異數。」

真是如此嗎？我有一絲絲的寂寥感。

話說回來，當我知道進進堂的主人是這樣一個人之後，每當有機會就會特地到進進堂去，懷著特別的思緒，坐在黑田先生做的椅子上，靜靜的喝一杯茶。

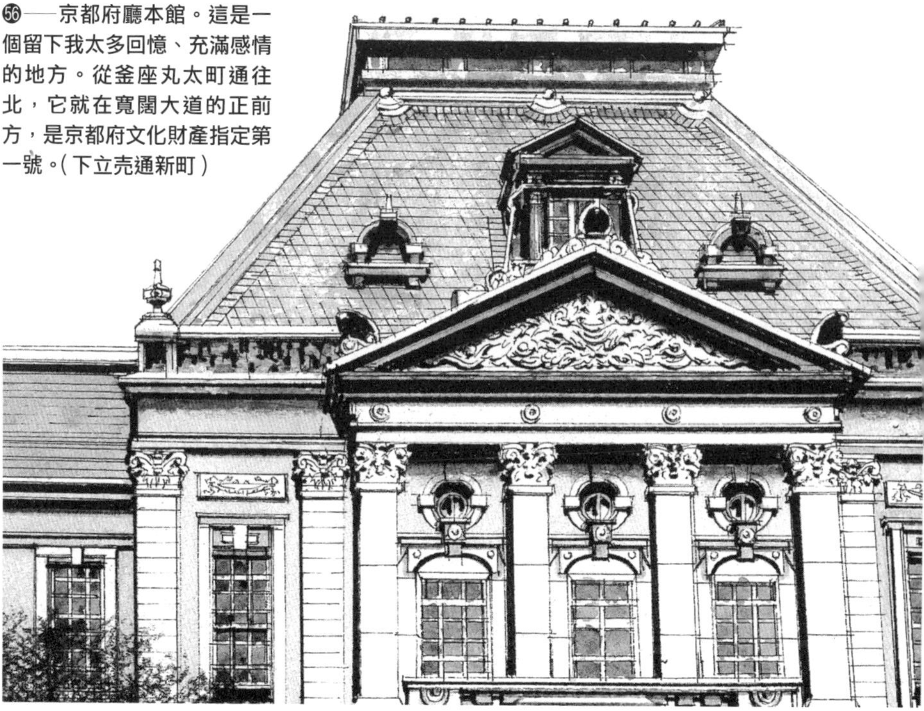

56──京都府廳本館。這是一個留下我太多回憶、充滿感情的地方。從釜座丸太町通往北，它就在寬闊大道的正前方，是京都府文化財產指定第一號。（下立売通新町）

進進堂可以算是京大的象徵。這樣的麵包店恐怕在全日本也都快絕種了。聽說京大的退休教師還組成了一個「進進會」。我猜想應該沒有一個京大生沒去過進進堂吧。即使離開了京大到遙遠的地方，人概一輩子也難忘進進堂的氛圍。那本《卡爾契拉丹》寫了相當多傳世流芳的故事，真是讀也讀不倦。

## 百萬遍的柏軒、和絃、西村、今川的二三事

經常出入進進堂的時期，也常常談論到附近的農家。這是因為在京大建校之前，京都市東北部分大都還是農田，京大北門前的百萬遍寺廟莊嚴，但是除此之外，幾乎沒有人家。

「那可是一道很大的堤防欸。」

跟我說起這個老故事的，是現在位於百萬遍十字路口西北方的「柏軒」烏龍麵店店主夫婦。

如今還能精神奕奕的煮好吃的麵食給我們吃，叫他們「老夫婦」有些失禮，可是我都已經快七十歲的人了，距離二十歲出頭在京大進進出出的歲月已經過了四十年，當時每天精力十足開業的人哪能不老呢？我雖然常往店裡跑，但那時候他們也做外賣。老闆扛著外賣箱可說走遍了京大校區。他也常常送到國文研究室。咖哩烏龍、天婦羅麵、油豆腐清湯麵和「しっぽく」。有位東京人問我「しっぽく」是什麼。「什麼？你不知道しっぽく啊？就是放了各種料的麵，有放魚板的，也有放麩的，還有放香菇或煎蛋的。」等到麵店送麵來了，他一看叫道：「什麼嘛，原來是什錦麵啊！」這個幾十年前的舊事我還記得一清二楚，當時年輕的店主總是騎著腳踏車踏遍廣大的校園。

「外賣已經不做了。」

老闆似乎有些懷念的說道。即使到了最近，我也經常到百萬遍附近走走，然後在中午稍遲的時候進店，跟老闆談天說地。柏軒從上一代就在這裡開店，遺憾的是老店主前一陣子過世了。唉唉，真是遺憾！我還想聽他說更多的故事。那個時候這附近別說是店，根本什麼都沒有。如今算起來已經八十載。

所謂的「大堤」是什麼呢？原來是大正天皇登基大典的時候，從伏見營隊那裡派了一隊士兵過來，把這裡的地給整平了。「耶——」聽得我只能不住的點頭，不過那附近後來就漸漸有了人家。

我比較有興趣的還是百萬遍這個新市町的造町故事。柏軒開業二十年之後，進進堂也開張了。其他以學生為主客的各種食堂也紛紛開張。沒多久這裡儼然已有市町的規模。舊書店、一般書店、郵局、銀行、簡餐店等營生都出現了。即使在我所知的有限範圍內，就已看過店家交替的情形。短短不滿百年的歲月，便可見到世間沉浮，有些故事令人回味再三，有些則不勝唏噓，形形色色。

在麵店方面，近來京都也增加了不少裝潢新穎，讓人懷疑的店，「咦？這是烏龍麵店嗎？」有的餐後

57——京都俄羅斯東正教會，屬於希臘正教。從夷川沿著柳馬場通走向二条時，這棟建築便會不期然的出現在東側。它最明顯的特徵就是全棟建築充滿了異國情調和宗教氣氛。

58——西村。在這古意盎然的屋裡吃大阪燒，實在是太享受了。鳥兒飛來，山茶花也開了……（百萬遍十字路口上東側）

還附咖啡。吃了烏龍麵之後配咖啡是日本人的固定習慣。柏軒自然也周到的一應俱全，但是很有舊時的氣氛。以木板相隔的狹窄座椅都還保留著，只要一住椅子上坐下，懷舊的思緒就油然而生。

為什麼我總愛到百萬遍去呢？我有幾個目標。首先是一家「和紘」美容院，那家店因為某些緣由而關店，現在移到京大會館裡面去，而我從戰後開始，就一直在他們店裡燙髮。它位在百萬遍往北的位置。那位老闆最近也過世了。他真的是個專業好手，也是京都美容界的第一把交椅。店裡每一代的美髮人員都很優秀，一直到現在我們都還維持著很好的主客關係。

那家美容院推薦了一家店給我，後來我也常去造訪，是吃大阪燒的「西村」。腦中想著大阪燒，再看到它那優雅高尚的店面，大概都會跌破眼鏡。近來支持者還相當多。由於店裡就設有老闆個人的生活空間，所以它的庭園可說是一絕。

59——今川皮藝。是個忙碌的皮雕工廠。原來皮雕細工是這麼美麗快樂的工作呀，而任何事都比不上主人精湛的創作力。（田中飛鳥井町）

一邊吃著大阪燒，一邊欣賞美麗庭園，真是讓人覺得「此景只應京都有」。高雅的燈籠間，茶花的茂密枝枒間，常有鳥兒不請自來，宛轉鳴唱，彷彿覺得該要端出懷石料理時，卻出現一道與此景極為搭配的爽口大阪燒。麵粉裡摻的水是海帶汁，另外也幫我們烤了肉。這一頓套餐還附有紅酒，餐後則是抹茶冰沙，在年輕人當中也深獲好評。

飽餐一頓之後，逕行離開東山通繼續北上，還有一家一想起來就心情愉快的店。店名「今川皮藝」，是一個「只要是皮製品，什麼都找得到」的地方。一走入店裡，就只有連連驚訝的份。從細小的鑰匙圈，到形形色色的皮包、拖鞋，還有領帶、外套等，令人眼花撩亂。我是先發現一個熟朋友在這裡買過東西，她是我的一位謠友，我很喜歡她用來放謠曲譜的皮包，細問之下，才知道這家店。據說他們只做顧客訂做的東西。於是喜歡皮包的我馬上又追問道：「那一定很貴吧。」

但她回答說：「不像你想像的啦。」

偶爾在那附近與朋友相約，還有少許閒暇的時候，我一定會去店裡看看，有一種入寶山的感覺。我把朋友訂做的皮包，稍微調整一下尺寸，請他們再做一個。

這大概就是事情的開始。之後，雖然並不算勤快，但偶爾總是會去的。我請他們讓我參觀工房，這才發現皮革就像布一樣也有許多種類，花樣更是千變萬化。再怎麼看都不嫌膩。現在我自己也有好幾件「今川」的製品。背包有兩個，還有兩件式的皮衣，有時穿戴在身上，逢人問道：「咦，這是在哪兒買的？」我就會滿心歡喜的推薦。

最值得一提的是今川夫婦兩人都是非常愉快的人。我之所以不時去展覽會場到處走馬看花，都是拜這兩位健康又熱心工作的夫妻之賜。他們的確和這個新成長的百萬遍市町十分契合，而今川太太的手藝十分精巧細緻，直到現在仍不斷的挑戰一些新的縫製手法呢！

## Comptoir和佛朗明哥的迴響

今後，百萬遍會變成什麼樣子呢？戰後在京大的時代，我常去的另一家店是賣咖哩的「Comptoir」。他們家的咖哩特別好吃，而且價錢又便宜，所以以前我常常去。最近想到他們而上門看看，才發現店面變大了，果然是門庭若市、生意昌隆。細問之下才知道原來已經是第二代在經營了。

百萬遍是個年輕的市町。雖然很寧靜，但卻充滿成長的動力。可以看出它的新陳代謝十分快速。我在這裡實實在在的感受到另一個京都的存在。有趣的是，連百萬遍的寺廟都洋溢著新鮮的氣息。每年知恩院的境內會舉行一次大型的舊書市，那是一場歡樂的人潮，具知性又很高尚，而且充滿了活力。我也曾到這個舊書市買過東西。

另外，每個月也有固定的日子，讓非專業的人士帶商品來開張的市場。一邊吃著大阪燒一邊問東問西，充滿好奇心的到處看。在暖洋洋的陽光下，大約會有十幾個攤子來這裡聚集。向來愛買東西的我，也買了一個手工做的木犀花，上面還有紅色的果實，思忖著聖誕節可以把它裝飾在什麼地方……除此之外，還有餅乾、印度棉布等。總之，各式手工製品在那裡都可以看得到。

不久之前，在北白川的小店認識了一對年輕夫妻。他們堪為充滿成長動力的代表。當時店裡只提供簡單的西班牙菜，但他們自己卻吃素。丈夫學習吉他，妻子則是佛朗明哥舞者。為我們牽這條線的是京都日中友好協會裡一位愉快的青年。我認識他的時候，他確實還是青年，但現在已經稍稍跨入歐吉桑的領域，但仍是勤跑京都各地區。

與人相遇真是美好的事。那位日中友好協會的粟田榮先生，為了自己編輯的新聞記事，幾乎走遍了京都各地，尋找各種好吃的店、個性化的店。就在尋找的過程中，認識了吉川一男和典子夫婦。他們的店位在進進堂往東幾步的一棟小型樓房的二樓。夫婦倆都是非常用功的拚命三郎，曾經去西班牙正式學習過。丈夫本來是京都格蘭飯店旁商家的兒子，不知從什麼時候起卻愛上了佛朗明哥舞。

可能日本人原本就與佛朗明哥特別有緣吧。我自己就很喜歡吉他，塞格維亞（Andres Segovia）在大阪公演時我也特地前去欣賞。我對佛朗明哥更是熱中，有一件想起來有點丟臉的往事，有次格蘭・安東尼奧（Gran Antonio）在大阪嘉年華會議廳表演，我無論如何想去一睹大師舞姿，便和朋友買了票。沒想到那天要開會，以我的判斷，會議結束之後再過去絕對趕得上。哪知會議延遲了，最後到了再不走就來不及的時間。這件事我現在想起來還覺得臉紅。我死皮賴臉的把會議的後續交給助理教授，身為教授的我則倉皇逃走，去大阪赴約。怎麼會這樣呢！所謂良心的呵責大概不過如此吧。我心裡一直記掛著，看得心不在焉。可是那場演出真是太棒了。簡直可以用「心蕩神馳」來形容。在心神陶醉的當兒，大學的事也就拋到腦後去了。當然，後來助理教授把我恨得牙癢癢的，歉疚和安東尼奧的完美好像在天平的兩端，各為五分上上下下的搖晃，好不容易才取得了平衡。

所以我很了解那對年輕夫妻的心情。吉川太太出身九州，我猜應該是在西班牙認識了愛人。兩人一同構思出這有趣的餐廳。既簡單又美味的西班牙菜以及紅酒，換言之，就是西班牙式的居酒屋。店很小，只要進來十個人就爆滿了。在這樣狹窄的空間裡，先生彈得一手好吉他，太太則聞樂起舞。有時候過去，有個聲音洪亮、會唱佛朗明哥樂曲的西班牙人也會來。他是兩夫婦的工作夥伴，也是很好的朋友。那時候他們還送我即將公演的票。幾乎要把店震碎的超大音量、手掌「啪擦啪擦」的拍子聲，應和著歌曲，太太也一邊摩擦著鞋跟漫舞著。真是太美了！彷彿我也擁

「哦咧、乓乓乓」。激烈踩擊著地板的佛朗明哥舞；將人心帶往遙遠世界的吉他聲。小小的店裡呈現出一個不可思議的世界。

有了西班牙的一個小角落。

這也是京都的年輕人。我想起了竹田的醬菜店。一個是醬菜，一個是佛朗明哥。他們各自踏上自己的道路，真是值得高興的事。既沒有補習班也沒有偏差值㊾。像這樣走自己的人生路，不是很好嗎？

日中友好協會的粟田先生也非常喜歡他們夫妻。粟田的老家在福井縣丸岡町，是山裡長大的小孩。因為地處偏遠，連小學讀的都是分校。他是個率直又很有道德感的青年，有時候甚至讓人覺得現在這個世道，怎麼還會有心靈如此澄明的人。尤其他從沒經歷過考試補習，一下子就跳升到同志社大學。「我連拉麵也是進了大學才第一次吃到。」山區生活由此可見。大學畢業之後，不急著賺錢，也不想出人頭地，便在祈望中日和平的緣分下開始這份重量級的工作。我開始注意到粟田，是我擔任「為和平所舉辦的戰爭展」的執行委員長。這個展覽每年夏天在京都舉行，已經紮根甚久了。希望戰爭再也不要發生的人，都會來參加這個展覽會，並且互相交換意見。那時候同為同志的粟田，為人熱心令人注目。而且我注意到粟田雖然肯定是個極認真的人，卻不失風趣。他也是個行動積極的人。有一年秋天，他說故鄉丸岡的山中最近湧出溫泉，所以村子裡開設了休閒設備供村民使用。於是粟田便帶著日中協會的人，還有這對佛朗明哥夫婦前往，想讓他們在山中溫泉會館表演舞蹈。於是叫了一台巴士，就從京都開往福井丸岡。

「結果怎麼樣？」後來我問。

「非常成功！大家都說太精采了呢！」他回答。

那些人恐怕是生平第一次見識到佛朗明哥的歌與舞。不過，日本人真的相當喜歡佛朗明哥。人生「不亦樂乎」！他們兩人的據點在京都北白川，這也是京都很真切的一面。可惜他們為了要去參加塞維亞萬國博覽會，所以把店收起來專心一意的練習吉他和舞

㊾—偏差值：日本升學競爭中一種計算學業成績的工具。

蹈。真希望有一天能看到這種樂趣重現京都。評價京都百萬遍的時候，雖有很多現象令人擔心不已，但我還是打從心裡相信京都將會有某種未來。只是希望小鋼珠店不要再增加了。

父親在各地遊走的時候，我在各地遊走的時候，這附近都還相當閒散。我走出了大學北門，急著要到柏軒前的市電車站時，經常快跑著斜斜穿越鐵軌。後來聽人說：「你橫越鐵軌已經相當出名了哦！」不禁面紅耳赤。但是我真希望還停留在以前，當時閒遲了，就可以做做那種事、悠哉游哉的時光。

就拿京都的北山來說，從前都是一片大頭菜的菜田。現在卻是年輕人聚集，極盡閃耀美麗的地區。奢華的名店，極其新潮的建築式樣，有些甚至風格特異。讓人不覺心想，京都的包容力可真大呀！這條北山通最近的急速發展頗受注目。這也是世間萬象之一吧，說它是東京的街道、東京的店，也沒什麼不妥。

但百萬遍的發展卻不是如此，它包容著地區的根，穩健的發展著。我想，北山通是京都的一面，雖然對老人家來說有點怪。但這也很好。這種樂子可以在京都的北區發展也並不是壞事。只不過我還是喜愛百萬遍，那兒包含了我的歷史，對熾熱人生的懷想，對人民的愛。每個人各自擁有自己的生活，創造自己的世界。這就是市町之所以為市町的原因，不是嗎？

## 北野、松崎到鞍馬地域

「地域」這字眼很有趣，整個地域的居民各自過著自己的生活，產生某些東西。日本各地都有許多「地域」，但我在這裡只以京都的寺廟和神社為中心，來寫一些地域的故事吧！

首先是北野。當然地域的中心是北野神社。以京都的方式來說，就是「北野的天神爺」。宮裡供奉的是菅原道真。由於道真的下場悽慘，百姓畏懼這會為京都招來種種不吉，為了平息道真的怨恨和怒氣，因

㉓——到北野天滿宮參拜。希望孩子健康長大，既聰明又會寫字。做母親的抱著心愛的孩子靜靜的站在神前祈禱。

㉓——弘法爺和天神爺。二十一日弘法爺（東寺）開市。二十五日天神爺（北野天滿宮）開市。京都人就在這兩個市集間來來去去。市集裡各種攤販都有，最難得的是聚集人潮的魅力。

此才建了北野神社。在古都千年的時光流轉中，對現在的京都來說，北野神社已經是個很重要的神殿了。有像梅花祭或瑞饋祭[53]那樣體貼、帶點幽默的祭事；也有新年開筆活動[54]，以及讓考生求功名等，舉凡小兒、年輕人與「文字」世界相關的種種儀式，都在北野神社舉行。天神爺在京都人的生活中已占有一定的位置。過了二月二十一日東寺市集，緊接著就是二十五日天神爺的市集。規模雖比東寺的稍小一點，但樂趣卻無二致。連宮內後側以前沒有店面的地方，也都逐漸擴大成賣書、人偶或是類似雜貨的老式用品的攤位群。

聽說，二十一日到東寺擺攤的人，到了二十五日又會到北野去擺。因為攤子是流動的，所以這種事本身就頗富情味。除了東寺之外，北野的市集我也會去逛逛。上次買了一個大型的陶人偶，仔細觀覽了半天，才發現那是個郵務士人偶。看到那溫暖的、柔和的人偶，就讓我想起孩提時代，每每念著兒歌玩跳繩的情節；那首令人懷念的快樂兒歌，也會不知不覺的浮現在腦海中：

郵務士、送貨員，搬來運去十二點，欸咻嗨唷，
再加把勁！

在這兒感受時代的悠遠、買件好東西，我就心滿意足了。除此之外，也可以買到古書。我大學時代的友人，因為住家離這兒近，所以常常來這裡撿漢書，算是學習先人的智慧吧？

從前，在京阪三条的檀王爺（法林寺）那裡也會

---

[53]—梅花祭、瑞饋祭：梅花祭是在二月二十五日菅原的忌日所舉行的祭祀活動。瑞饋祭則是每年十月一日到四日在北野神社舉辦；以山芋莖為神轎轎頂，再以米、麥、豆、野菜和花綁在柱子上作為裝飾，然後遶境一周，以求風調雨順、五穀豐收。

[54]—新年開筆活動：新年初二到神宮裡用毛筆寫字，祈求平安吉祥。

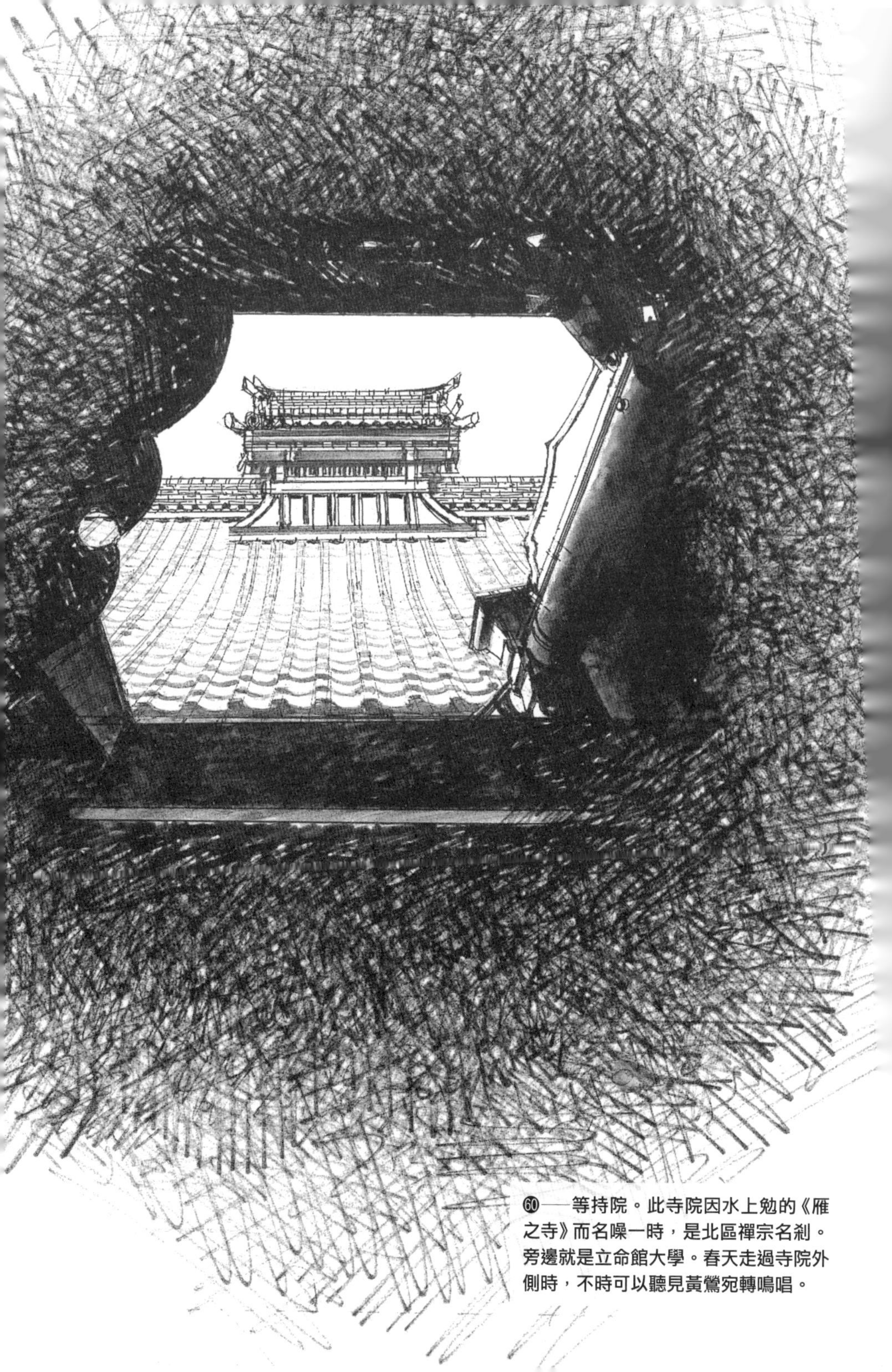

⑥⓪——等持院。此寺院因水上勉的《雁之寺》而名噪一時，是北區禪宗名剎。旁邊就是立命館大學。春天走過寺院外側時，不時可以聽見黃鶯宛轉鳴唱。

開市。昔日京都是個悠遊之地，流通物品也都具有深厚的趣味，這讓我更加覺得弘法爺⑮和天神爺應該再接再厲。

神社的一部分屋頂正由一些工匠修繕。據說他們都是從龜岡那裡來的。眾多工人全都瞇細了眼，揮汗費力的工作著。神社可算是這些丹波地方的人所支撐起來的。四周的景色也頗為雅致，南邊垂直的崖壁下是紙屋川，樹林蒼鬱茂密，樹下涼意沁人，絲毫不覺自己身處都市鬧區中。到了夏天，還可以看到老人鋪了藺草墊，在大樹底下午睡的景象。難道不怕有蟲嗎？旁觀者不禁為之擔心。但是舒適慵懶的睡姿不啻是一幅悅然的光景。北野神社本身在建築史上就具有許多特色，也聽說過不少故事。這裡與蔬菜有很深的淵源，每當舉辦祭典的時候，蔬菜的豐美也著實令人興奮。以蔬菜自傲的京都有許多愉悅的儀式，都可以窺見古都內心的一面。

每年從北野神社的梅林裡採下來的梅子，就由神社的人做成梅子乾或是新年賀歲用的小贈禮。像是大福茶，我家就收過。那是在正月柔和的陽光下，我和父親坐在暖爐旁取暖時收到的贈禮。許多京都人只要一想到用那稍帶鹹味的梅子，泡成香味高雅的茶時，心裡就不知不覺的高興起來。

走出北野神社就是上七軒町地域，這裡有種特別的氣氛。我父親與花街柳巷向來無緣，但是走入這個以茶室為中心所形成的文化氣氛時，父親難得也會稱讚道：

「我覺得這裡比祇園好太多了呢！」

⑮—弘法爺：東寺供奉的是曾留學中國的空海大師，又稱弘法大師。

⑥¹——上七軒的街屋。走在這個區域，有一種難以形容的風情。它不走祇園或其他名勝的格調，在西陣的眾家老闆支持下，娛樂和料理都相當有水準。很適合用「自然」這個詞來形容。

這個地方是沒有身分階級拘束的，甚至是很庶民的，而且家家戶戶的建築、餐館等，一切的一切都有些難以捨棄的東西，這也就是京都文化確切的一面。父親似乎特別喜歡這裡的料理。說起來，我還曾經到北野神社附近的幼稚園，在他們的懇親會中演講。中午他們為我叫的便當可口極了，直到現在我還記得。

再者，這一帶商店街的蓬勃和物價的低廉都令人印象深刻。衣料、食材、便宜貨到處可見。也是我逛街購物的區域之一。有時找到百貨店裡絕對沒賣的衣料，便為之雀躍不已呢！

今宮神社的大門前有一戶與父親相交極深的人家。今宮神社的安良居祭[56]以音樂著稱，

**62——大德寺龍光院的土瓦牆。真有趣呀！圖案的設計多美，看得出施工時非常仔細。鋪上瓦片之後，真是閃閃生輝。不論今昔都令人驚奇感動。這就是禪寺的力量。**

某天有幸在他們家的介紹之下，有了一次見識的機會。那是四月的第二個星期天。我記得是因為一位朋友寫了一篇有關文化史的論文〈櫻〉，論文中提到了安良居祭。所以這個祭典除了本身價值之外，也饒富趣味。今宮神社位於紫野，附近還有船岡山的建勳神社，鄰近則有禪剎大德寺。

據說安良居祭期間，各町內也有鉾車，其陣容之壯盛似乎是現在難以想像的。對此一無所知的我，光是看到現在的祭典便已十分感動。此一平安初期便已

---

⑯—安良居祭：安良居祭發源於平安時代。當時每逢櫻花散落之際，百姓多為疫病橫行所苦，因此特別舉行這個祭典，以鎮壓疫病之神。

63——京都府立植物園的大溫室。幾乎令人窒息的色彩和香氣，營造出南國百花撩亂的世界。京都植物園與我同年（一九二四年）誕生。後來好不容易建成這座大溫室，它的歷史也充滿了曲折和苦難。（下鴨半木町）

64——上賀茂社家町。這裡住的都是在上賀茂神社中侍奉的人員。美麗的清溪，各巷前都有一條小橋跨過，土牆圍繞的家屋充滿靜謐感。

⑥⑤——照山庭園席亭的層層木梁。這是晚近才蓋好的新場所，將鷹峰三山圍繞下的幽深之地闢為庭園，而建築本身則擷取京都町屋的各種優點興築而成。（衣笠鏡石町）

存在、用以平鎮疫癘的祭典，仍有人感嘆昔日祭典之盛大非今日所能相比。儘管如此，祭典上的各種表演已經非常豐富了。像是風流傘⑰、安良居舞，雖可看出因種種理由而逐漸出現難以維持、蕭條和不安的窘境，但還是能從中感受到自古流傳、淵源已久的來歷。

門前兩間茶店做的可口「炙餅」⑱，訴說著安良居祭強韌的精神。我也是炙餅的愛好者，大學時代，剛好有個同學住在今宮神社附近，所以有小組討論的時候，總是請她買來炙餅和組員一塊兒分享，一邊說安良居祭的種種故事。中國留學生有時也會參加討論，當我問他們「好不好吃」的時候，不論男生女生都異口同聲的說好吃。附近紫野高中進到府大的一些優秀學生，也有不少來選修國文，我也陶醉在身為教師的幸福當中。

順著北大路通往東前進，彷彿沿著京都外環順著路繞行，不久便來到了賀茂川。走過北大路橋，再繼續向東行，走過北山像裙襬似的山腳邊，便到了松崎地域。和從前相比，這一帶簡直變化得面貌全非；但還算是令人感恩的改變。松崎大黑天附近還充分保留了街道的樣貌，是我相當喜歡的地區。

我在松崎大黑天有個懷念的回憶。女專時代，冬季會舉行全校性的馬拉松大賽（當時避忌使用外來語詞，所以稱為「強步大會」，儘管意思根本不相同）。比賽的路徑會經過松崎。這並不是單人競跑賽，而是將各年級分成數個班，集合眾人之力的團體競賽。昭和十六年（一九四一年）入學的我們文科班上，個個精力充沛，其中比較精銳的同學組成A班，這些感情好、有抱負的同學約八人，開始跑遍了京都市內。我忘了松崎大黑天是終點還是中途點，總之對當時的我來說，那是個第一次去到的陌生地方，我跑得氣喘吁

⑰—風流傘：在京都祭典中經常出現的用具，是一把大傘周圍掛著一塊布，傘上則以花朵裝飾。風流傘是風流行列的中心，風流舞者圍繞著傘跳著傳統舞蹈。

⑱—炙餅：原名あぶり餅，是將麻糬以炭火烤過，浸入白味噌醬，再以竹枝串起來的點心。

66——松崎大黑天。帶著些許寂寥感，卻將昔日的美好傳至今日。難得北山雖在京都市內，卻如此靜悄。於是，一邊聽著自己的跫音，一邊走進一片濃綠中。

67——三宅八幡的寺門狛鳩（左）與鴿餅。鴿子對此地的八幡寺來說是守護神。但人們都把鴿子形的餅吃下肚哩。

吁，儘管如此還是覺得相當有趣，卯足了勁跑步的心情，我到現在還記得。成績發表時，我們文科第十五屆A班是全校第一名。第二年冬天的比賽，是從學校所在的桂區跑到西山，大約是二十到二十四公里的賽程。我們A班以一小時五十三分的成績勇冠全校。因此，後來全國女子專校的馬拉松比賽，也都由我們代表京都府立女專去參加。由於幾乎沒有任何練習，只有每天早上跑兩公里，所以突然跑這麼長的距離，根本算不上什麼光輝的紀錄。可是我們互相鼓勵打氣，一、二、一、二的跑過我的青春。而冬季耐寒馬拉松與松崎就成了我難忘回憶中的一個小插曲。

直到最近，我難得有機會走訪松崎，一如我的記憶，它絲毫沒變。北山山腳下的那座日蓮宗的寺廟也依然悄然靜寂。

再將足跡往外擴展一點。這次從出町柳出發，搭乘京福電鐵往鞍馬的電車，首先在三宅八幡下車。這附近神社寺院很多，非常值得走走。

⑱——鞍馬寺，從本堂到後院之間的地方，樹木盤根錯節。鞍馬山階梯陡峭，總要爬得氣喘不休才能到本堂。毘沙門菩薩自中世以來為京都人所信仰。

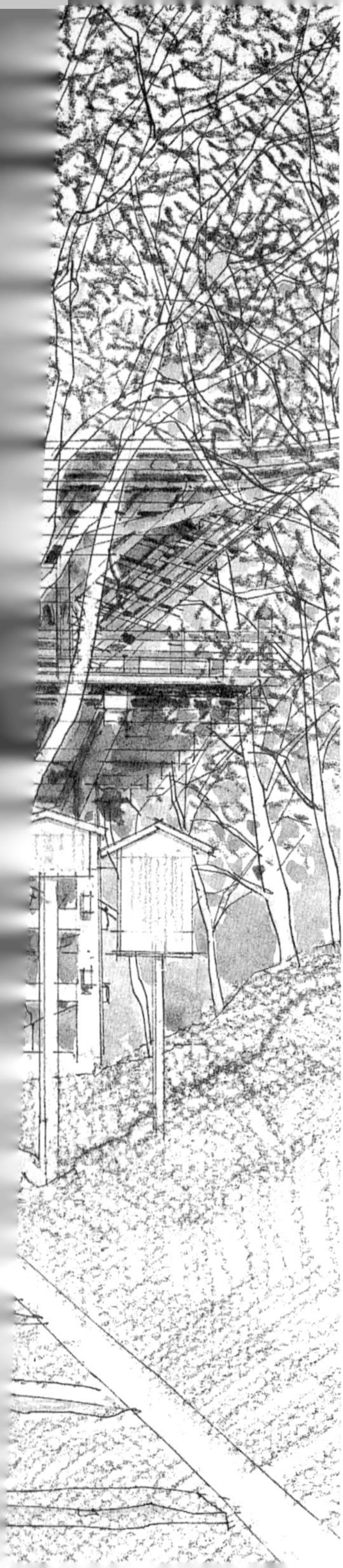

我之所以特別喜愛三宅八幡這個地方，是因為此地的「鴿餅」。模樣俐落的鴿子，是用米磨成粉做成兩半合攏的糝粉餅。雖然餅的模樣極其簡單，卻是聞名已久。我父母都非常愛吃。「這種東西真有那麼好吃嗎？」每次去到那附近就會應我要求帶一點回來的研究助理，總是一臉狐疑。可能是正對我的口味吧，其中放了肉桂、呈淡棕色的那種，真是好吃極了。我的研究室裡經常備有用白木片包裝的鴿餅，同事常看準了它特地過來喝茶。

接下來再坐上電車繼續往鞍馬前進。坐車逛逛街道也頗有趣味。坐電車通過貴船附近時，彷如還在市內一般的白晝突然漸漸變暗，走進一片濃密的森林和溪流，過了這一段就到達鞍馬。走在街道上，看到這條雖然細窄卻蘊含著某種豐富東西的道路，才猛然想起自古以來，這條路早已是通往京城的重要幹道。這是一條很有價值的道路。尤其越接近鞍馬，簷簷相接的民家氛圍也很棒。雖然房舍稱不上宏偉闊氣，但僻靜而滿懷思古幽情的家宅，棟棟相連，呈現緩緩的傾斜。快到鞍馬寺前的參拜道時，有很多土產店聚集，最好在稍微離遠一點的地方，就先做好心理準備。

鞍馬寺供奉的是毘沙門神。我還在教書的那段時間，經常帶著小組學生來此參拜。現在講習到中世的

68——由岐神社。這是位於鞍馬寺中與之關係親密的神社，屹立在濃綠欲滴當中。來參拜的人或許都是為鞍馬寺而來，但這座神社以萬葉假名書寫的來由，也令人神為之馳。

狂言部分時，無論如何都該接觸當時的毘沙門信仰。提到中世，大家很容易聯想到《新古今和歌集》⑲當中那種幽玄、空寂。其實那個時代，庶民的力量正逐漸強大，商業興盛，對於「物質」的執著也越趨明顯。民間對惠美須神⑳和毘沙門神的信仰十分虔誠。京都人經常到鞍馬的毘沙門去參拜、許願。甚至有以此為題材的狂言出現。

然而，不但其他府縣的學生不知道這間鞍馬寺，居然連京都市的學生也有人不曾去過，這令我大感驚訝，於是就帶他們到鞍馬寺進行校外教學，模擬狂言時代人民所做的事。連續兩、三年都開設了這個課程。而從中世至今雖已經過數百年，但我們似乎並未距離他們太遠，這也是京都值得喜悅之事。

## 山科、伏見與嵯峨野地域

若提到毘沙門菩薩，其實還有另一尊，就位於山科。對於有京都學生不知道鞍馬寺而感到驚訝的我，其實也沒有資格說別人，我自己到山科參拜毘沙門也是最近的事。在山科車站下車，越過疏水，穿過一個高雅的住宅區，就會到達山門所在。大學退休之後，我生活上的種種，都與住在山科的某人有深刻的關係，正是這位先進領我進門的。

第一次前去拜訪是風和日麗的春天。首先到「佳樂」用午餐（這間店和在本書出現多次的菊井小姐淵源極深）。它就在山科車站附近，原本並不是料亭，而且是利用京都企業界赫赫有名的故吉村孫三郎的故宅，現由他的孫女所經營，是一家品味高雅的餐館。它並不是專業的老鋪，但飄蕩著未經世故的氣息，風格新穎。廣大庭院的東方有座形狀優美的小丘，每當月亮從那裡升起時，真是天下第一絕景。

⑲—《新古今和歌集》：西元一二〇五年由當時天皇敕撰的和歌集，由於當時貴族對政治多感無力，因而透過和歌，耽溺於想像中的美麗境界，內容優美富情調，較少現實的體悟。此集所使用的新古今調對後世影響很大。

⑳—惠美須神：七福神之一，是專管商業興旺的福氣之神。

⑲——山科毘沙門堂。沿著和緩的階梯登上典雅的住宅區，宛如別有洞天。這段石階風情在在訴說著這座寺院的底蘊。京都，真的好豐富啊！

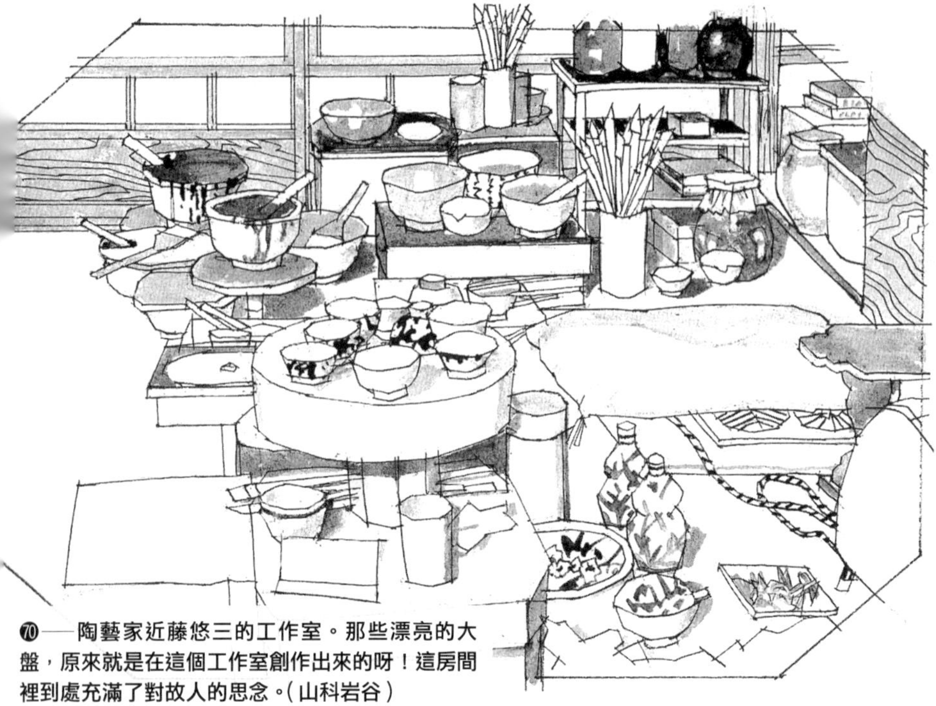

⑩——陶藝家近藤悠三的工作室。那些漂亮的大盤，原來就是在這個工作室創作出來的呀！這房間裡到處充滿了對故人的思念。（山科岩谷）

原本山科非得從東山區進入才行，但它獨立自成一區由來已久。如同洛南的伏見區是為舊京都之外的地區一般，山科位在東山區的東側，保存著一種獨有的歷史或文化，每當我偶爾有事前往該區時，便會不知不覺的有此感受。如果從幼時居住的南禪寺走出來到蹴上，然後沿一號線上溯疏水而行，就會發現整個自然環境和居住人家似乎有點不同。在各種古典文學中十分有名的逢坂山、關所、蟬丸⑥等數說不盡的故事，以及明治初年頭腦極其聰明和行動力十足的田邊朔朗⑥，代表他雄心壯志的疏水道，現在堂堂展示其價值，同時也融入了周邊的環境。彷彿從太古時代就流經此地的充沛水量，似乎也與文化有了某種聯結，我心中深深這麼覺得。

勸修寺、小野的隨心院、高亮聞名的各寺院，或是像月心寺那般特異的尼庵，以及毘沙門菩薩。我先是為這附近櫻花的燦爛而驚訝，在疏水道旁，枝枒上宛如花瀑一般開滿了淡桃色的花朵。華麗而優雅。在不乏櫻景名勝的京都，我覺得這裡的景色真可以歸為第一等呢！毘沙門寺的廣闊寺域、美麗的自然以及來歷豐富的寺院，這一切所構成的美麗，我以前竟然不知道，現在只能後悔莫及。

「爸爸，山科的毘沙門寺景致絕佳，真是好地方呢！」一回到家，還沒喘口氣便向父親報告。

「是呀，我以前也去過。」

父親附和著我的話，臉上表情十分祥和。那也是我略帶悲傷、卻又十分懷念的一段回憶。

再說到山科，之所以會獨立成為一區，用關西話說，是因為它近年魯莽蠻幹（無節制）的增建新房屋，擴建公共社區，以極驚人之勢進行開發。就像是戰後的狀況突然在昔日風情的山科重現一般，混亂便以各種形態出現。來到這個山城，當看到令人憶起大石良雄[63]的江戶時代風情，心情為之雀躍後，卻有了「怎麼變成這樣」的感嘆。這些都還比不上道路如同迷宮一般，每每走進死巷，都還要繞路再走。

不過，這也未必不是山科活力的一個面向。沒有看盡一切的透明感，卻蘊藏著取汲不盡的謎，這種趣味也是山科的魅力之一。從東山扇骨師荒谷處附近的小路往山上走，越過隘口走向山科的山路也是充滿逸趣。隘口取名為「滑石峠」應該是帶著點玩笑性質的吧！

在這層意義上，京都各地出現許多「地域」，也成了一種特徵。而且每個「地域」都各有其特色。從這點來說，伏見和嵯峨野的對比就極其有趣。

---

(61)—蟬丸：傳說蟬丸為平安時代的皇子，住在逢坂山下，雖眼盲但精於琵琶。他也是歌人，所寫的和歌有四首選入敕撰集中。

(62)—田邊朔朗：一八六一～一九四四，東京出身的土木工程師，他設計了琵琶湖疏水計畫，並指導疏水道的建設。是日本水力發電事業的開創者。

(63)—大石良雄：一六五九～一七〇三，江戶時代前、中期人。一七〇二年率義士四十八人攻入江戶城吉良上野義介央府邸，為君主志穗藩主淺野內匠頭長矩報仇，成功後逃亡，四十七人一同切腹自殺，人稱志穗浪士。大石良雄的老家即在山科。

⑪——伏見稻荷大社參道的朱漆鳥居。彷彿是牆壁塗了大紅漆的迴廊，又像是展現人類執著念頭般有如水渦層層不絕。捐錢製作一道又一道的鳥居，民眾的誠意真是令人佩服。

⑫──鳥居的製作。現在還是不斷有人捐錢製作鳥居，因此木工也必須拚命的打造。而那條鳥居之道將會越來越紅吧，可見民眾信仰之虔誠。（伏見稻荷大社門前）

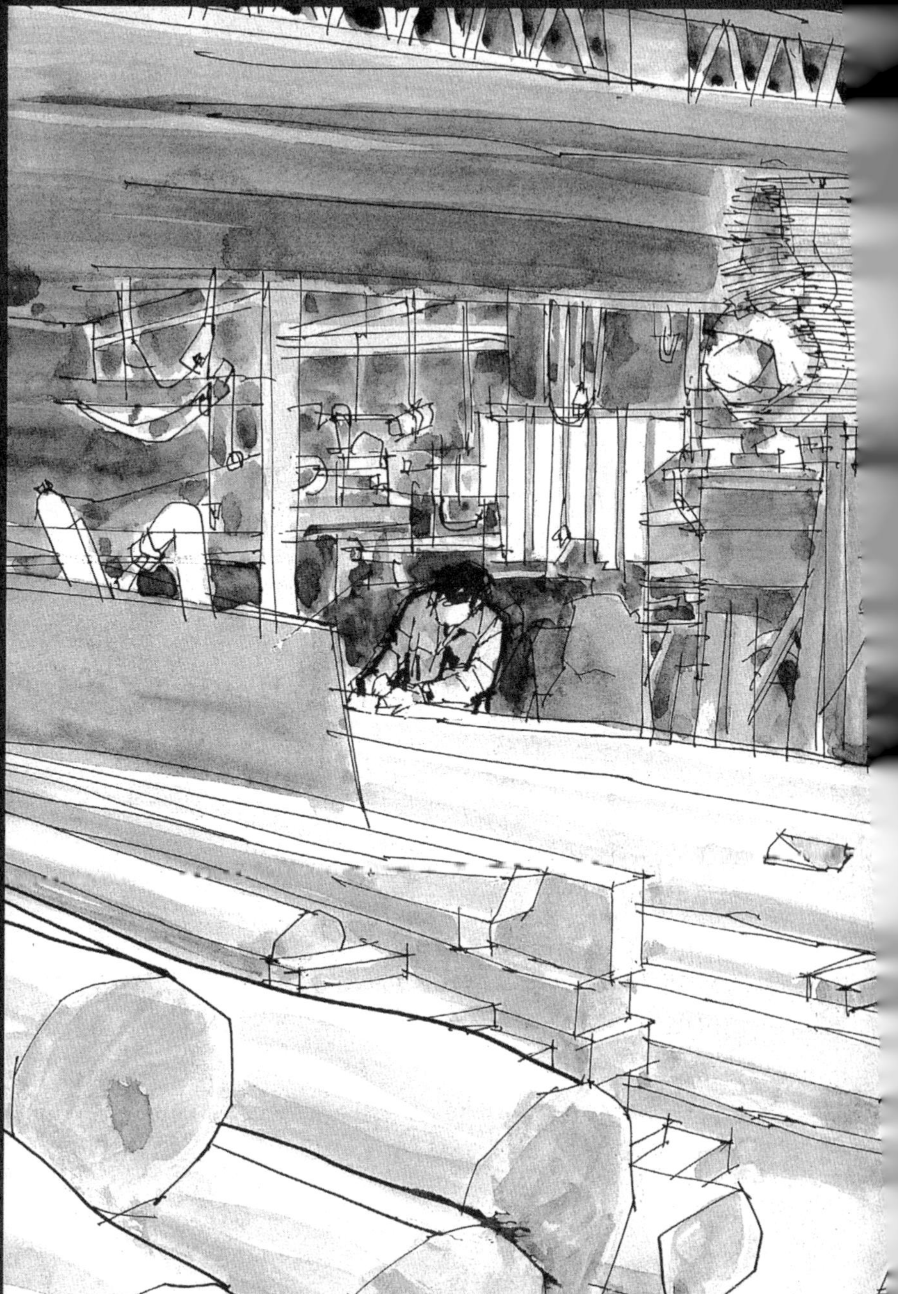

⑦③——酒窖並立的伏見中書島。這也是此地有名的風景。不論走過幾遍，每當我抬頭望著它，心中總會油然生出感動。原本只是藏酒的地方，卻產生如此美麗的景色，這代表著什麼意義呢？真是宏偉堂皇啊！

說到伏見就得提到「稻荷」⑭。下了電車沿著步道走一會兒，就已經洋溢著稻荷神社的氛圍了。到神社之前短短距離的熱鬧街景，讓前往紅色鳥居⑮參拜菩薩的信眾心情飛揚。煎餅店、烤雞店……神社後方的稻荷山是另一個不可思議的世界。形形色色的人，林林總總的願望，都匯集在無數的石狐和密密排列的鳥居當中；人的意念幾近恐怖的凝聚，呈現出這樣的世界。我在山裡繞了一圈便已大汗淋漓，好不容易下山時，心中充滿著一種難以言喻的心情，只是不斷的喘氣。在此之外，我曾去津和野以及豐川的稻荷神社參拜，但京都的稻荷籠罩著某種獨特的虔誠信仰。另外，京阪電鐵的伏見稻荷站布置得到處都是紅通通的，彷彿走入稻荷神社的境域。

伏見人偶的店、釀酒業者寬敞的門面和倉庫，以及貫通伏見市鎮的窄小舊街，在在呈現出民生樂利的氛圍。這條路的盡頭通往枚方和奈良。我在女校讀書的時候，常常走這條路。偶爾來一次四十公里遠足到奈良——從前真的是鍛鍊的年代。府立第一女高雖然被認為是大小姐念的學校，但是學校每個學期都會舉行一次遠足。名稱叫做「適應遠足」，對腳力有自信的同學從京都走四十到四十八公里的路，從早上到黃昏走完。而且只能步行。這是第一班。接下來是第二班，約走二十八公里。第三班走二十公里。最輕鬆的四班，走十二公里，每個學生可以自由選擇適合自己的距離步行。隊伍以學年為單位，組成混合部隊。第一班當中也有長短之別，最長的距離是走到大阪，那是四十八公里。雙腳走到疼痛難當。穿過伏見這裡，沿著木津川堤防走到奈良，約四十公里，是一條比較愉快的路，而且不像到大阪那麼辛苦。此外到河內的四条畷（楠木正行戰死的地方）也是走這條路。同一班走了十次之後，可以獲得一個特別的勳章。我當然

⑭—稻荷：指稻荷神社，供奉掌管五穀的倉稻魂神。西元七一一年創始，至平安時代稻荷信仰普及，神社遍及日本全國，總神社在京都伏見，又稱伏見稻荷大社。

⑮—鳥居：即神社參拜道入口的大門。

⑭——嵯峨野的常寂光寺。太美了，令人捨棄世間煩憂。尤其是紅葉時節的耀眼光華真是難以形容。不過，這寺院的長尾住持正與世間不公事物奮戰，所以它並不只是普通的觀光寺廟。

⑮——嵐山。京都代表性的觀光名勝，但林立的明星商品店又從何說起？這裡嘈雜喧鬧，令人煩膩。脫去這一層，其好山好水還是無可比擬。

也拿到了。不斷步行遠足的記憶現在想起來只剩下懷念和愉快。現在走過這附近，少女時代大夥兒喧鬧的印象立即出現在腦海，伏見這個地方就是具有讓我懷舊的力量。

相對於伏見將人籠罩在一股柔柔的懷念之雲中，說起京都，就會想起嵯峨野這地名，這一帶也的確充滿了京都「味道」的風情。只是「味道」表現得太過分，成了演戲的配套段子時，京都人就開始敬而遠之；這可能是京都人彆扭的一面吧。不過，如果別那麼假惺惺，為了什麼事順便經過那裡，這時候去嵯峨野走走也是不錯的。即便避開人潮聚集的嵐山或是明星商品店，獨自一人前往造訪二尊院或是常寂光寺，偶爾紅葉飄落，或是聽著蟬鳴的涼爽夏日傍晚，其實嵯峨野仍舊是十分美麗動人的。

從前，在同志社高中任教的時候，有一位女學生每天從清瀧一家有名的旅館通勤上學。剛好我有事要往那附近去，實際到清瀧一看真是大吃一驚，原來從那裡到洛北岩倉（學校所在）竟然那麼遠。要走一段幽暗的綠色小徑，好不容易才能搭上車，得花相當長的時間才能到學校。那可不是一日遠足，而是每天每天來回往返，她的辛勤令我暗暗驚訝，但從另一個角度來看，那地方綠水青山，別有洞天，也不免令人驚訝連連。

流過附近的清瀧川棲息著許多生物，各自綻開生命之花。

螢火蟲、杜父角、各類昆蟲，還有走到鳥居本時那有名的「大鳥居」，這裡就是「五山送火」㊻燃起鳥居形火光的地方。在京都市內舉目即可看到大文字、妙法、船形和左大文字。但鳥居卻不然。那火形中藏著嵯峨野的精神，若非特地到那裡去，或是把心留在嵯峨野，是看不到鳥居火形的。

在這樣地方開業的鮎茶屋應該是家精緻的料亭吧。雖然我的錢包不太容許我進去，但我不由得想，只有在那種地方的魚，才真值得一嚐吧。在這裡，抓來的野生魚烤好之後，只要稍微壓一下頭，「咻」的一下就可以把整條魚骨俐落取出。肥美滑溜的魚，做成鹽烤當真是香味四溢，這就叫做醍醐味。

「有螢火蟲在飛呢！」有人說道。

只顧著專心吃魚的我朝話聲看去，以水聲隔開的陰暗處螢火蟲就像是猶疑不定的心情一般，發出朦朧微弱的光。唉，天下哪有這等奢華的享受呢！我不禁暗自心想。嵯峨野真如同一顆寶石一樣閃閃生輝。

京都就是這樣擁有好幾個各具特色的「地域」，共同吹奏起「京都交響曲」。其中有溫柔的音樂、熱鬧的聲響、有趣而特別的合音，還有低低吟訴的旋律……風景、人和歷史……京都便是如此應運而生。

## 京都的長屋生活與窄巷思想

京都真是個讓人玩味無窮的地方呀！我經常一邊走一邊心裡這麼覺得。

有一段時間，我對三層樓房十分感興趣。每當看到各地的三層屋，幾乎都想大喊一聲：京都的三層樓房集合！到底是什麼樣的念頭而採用那樣的結構呢？我認為，那應該不只是單純為了增加房間，而是一種浪漫主義的想法，因為它的設計既理想又美麗。

事實上我並沒有認識住在三層屋裡的人，所以也不曾和人具體的談過，或是進去那種房子實際拜訪。那種看起來是木造的建築，因為問題很多，一般人常會懷疑它的建築難度會不會很高呢。聽說其中有些豪華宅邸因為贈與稅問題而無法保留，面臨拆除，令人不勝遺憾。但也曾看過整個房子破敗的景象，好生悽涼啊！它們可不是那些冷血無情的六十公尺大廈，而是木造的三層樓房哩，一屋一瓦都充滿著一種氣魄，這情形讓人開心不起來。

長屋也曾吸引我的目光。京都的長屋應該是很多的。其中有些稍稍傾斜，讓人不免覺得「哎呀呀，真

---

(66)—五山送火：五山送火是在八月十六日（即盂蘭盆節）晚間八點之後，京都盆地周圍的山坡上會燃起五種形狀的火光，分別是字體「大」（分為左大文字和右大文字）、「妙法」，以及鳥居、船的形狀。東山的「大文字」可說最為知名。

京都町區的木造三層樓建築。四周全被高樓所包圍。木造三層屋包含著興建者的美感，是木造的，瓦屋頂，還是三層樓喲，給他們拍拍手吧！

倉庫廢墟。舊日繁華竟落得如此震撼收場。綠色蔦蘿是餞別的心情吧。令人不忍卒睹，卻又形成一種奇妙的美感。走過時我實在難以不去看它。

**京都的長屋。真有意思呀，彷彿是人生的列車一般，緩長的連接著。長屋雖是京都常見的居住形態，但與直衝天際的大樓不同，是溫暖、愉悅的橫型樓房。**

是了不起呀！」而有些則是氣宇軒昂一棟連著一棟。只要走在連接寺町通與河原町通的姉小路上，就可以看到北側的一長排房子。可是我不認為那是長屋，它們每一戶都是具有獨特性格的商店，各自展現著自我的特性，與長屋的形象相去甚遠。但是從北側的本能寺墓地往南看，那些屋舍倒都是貨真價實的長屋。「咦」的驚嘆了一聲，我重新感受到京都長屋那種強而有力的分量。這兒一棟那兒一幢，我沉浸在長屋的趣味中。我想，那是一個與相聲中「長屋賞花」迥異的世界吧！

再來是我從很久以前到現在都一直很感興趣的——窄巷。好像要偷窺一點什麼，卻又心生膽怯。京都的窄巷真是令我著迷。首先，提到窄巷，京都的窄巷並不會像一般人所想的那般陰暗。狹窄而深長的窄巷，兩側的家家戶戶全都相對而立。窄巷的入口還會以各種形式標上居民的名字。彷彿在向陌生人宣告不可隨意入侵的凜然

氣氛，飄蕩在窄巷的入口。我經常在各窄巷的入口佇足片刻，留心觀察，但總因為看起來形跡可疑，沒一會兒就不得不離開。窄巷雖然靜謐但似乎也保有一種拒人於千里之外的姿態。

終於有機會可以深入窄巷了。我心中興奮期待著。那是一九八九年京都市長選舉，以及隨後的九〇年京都府知事選舉。因為兩度參與這種大型首長選舉、生涯充滿戲劇性的候選人木村萬平先生的關係，我才有了這個機會。

木村先生是百足屋町的居民。他府上正是位於中京區新町通蛸藥師下、自東側進入的窄巷，靠南側的房子。一踏入那條窄巷，我的心情激動不已。打掃得整齊清潔的窄巷，在這兒生活的人都在想些什麼呢？這些房子都是什麼樣的隔間呢？如果能進到屋內，又會是什麼樣的景象呢？……一時間，我完全忘了來此是為了選舉的會談，陶陶然沉浸在窄巷漫遊探險的氛圍之中。

木村先生在兩次選舉中都敗北了。市長選舉

僅以三百二十一票之差，得出這微妙的結果。但落選畢竟是不爭的事實。不過，木村萬平先生不論是贏是輸都沒放在心上。他原本就是打著「保存舊市街」的口號出來選舉，即使悄悄回到窄巷繼續當一個市民，理所當然，他也會繼續燃燒熱情為守護京都市的各種運動默默奉獻。然而這倒給了我一個好機會來了解那附近的窄巷故事。

首先我去找木村夫人，向她請教窄巷的種種生活樣貌，興趣盎然的聽她說了很多每月輪值、窄巷打掃、窄巷成員的義務、鄰人的來往狀況、住在巷子頭和巷子尾的居民差別……等。這裡面似乎訴說著許多故事。

木村先生細心的幫我畫了附近一帶的地圖。那地圖光看一眼，我的心便怦怦跳，腦中立即浮現出京都市井生活的種種景象。我來解釋一下這張地圖（見左頁）的內容。

一、這一帶是祇園祭山車和鉾車集中之地。總共有四座山，一座鉾。在祭典期間，舉目所及都是熱鬧、盛大、興奮。實際上，在祇園祭時期，這地區的忙碌、熱鬧非凡，宵山、山鉾巡行時光彩耀目的盛況，真是精采萬分。但是祭典之外的時節，這一帶卻籠罩在一片不可思議的幽閴寂靜之中。擁有山車和鉾車的市町，確實負有重大的使命，在此我想再次向他們表達感謝之意。山鉾車終於完成巡行使命，被拆解下來之後，長達十一個月都會放在保存庫裡。而不同於平常的那段時光，雖然那種撼動和熱烈令人興奮，但其中卻包含著不為人知的辛苦。身心的疲憊可說是到達了極致。不但要開銷大筆金錢，花費諸多心思，甚至連生意或工作都得停擺吧。但是不論如何，每年都要演出一場豪華盛大的祇園祭。「真是太了不起了呀！」這的的確確是我發自肺腑的感嘆。

二、京都市町的形成與許多歷史典故、人物都有關連。像茶屋四郎次郎、林道春（林羅山）等一生受人敬重的事業家、學者。僅僅五十公尺的巷道就出現了此二人的名字。就京都整體來說，雖然這是值得驕傲的事，但也是京都的沉重負擔。但大家還是不嫌麻煩、不怕費工的希望把這些名人的名字永遠記住。尤其這地區同時住著知識分子和大財主，這一點十分有趣。

三、看了不禁眉頭一皺的是，木村先生所寫的「爭訟中」幾個讓人頭痛的字。京都市町的表面一片祥和，但只要踏進一步，就會發現問題已激烈到沸騰的狀態了。「爭訟中」的意思是現在正在對抗中。面對京都市町逐步遭到破壞，市民正誓言抵抗。

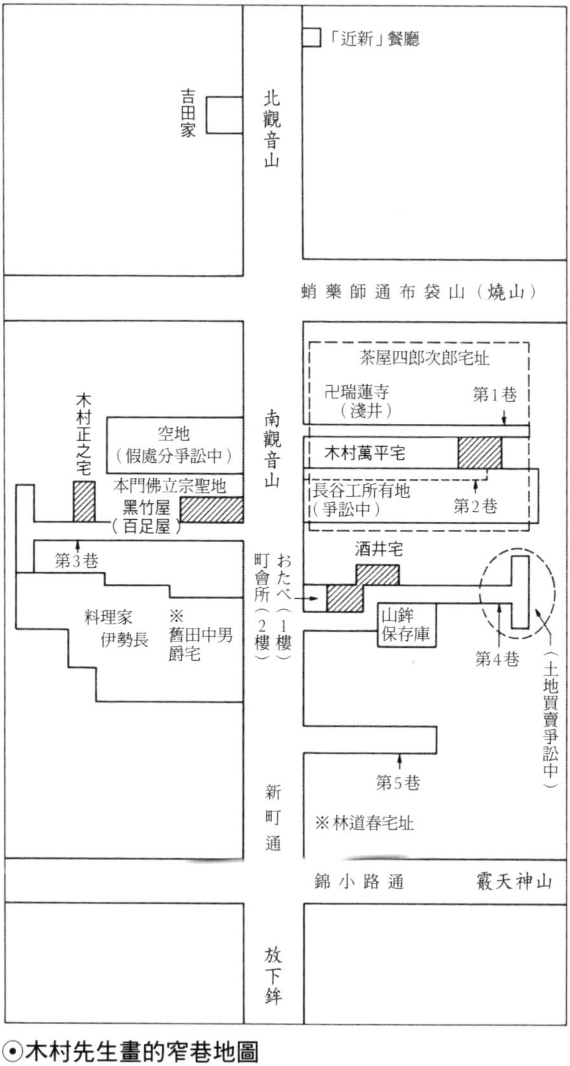

⊙木村先生畫的窄巷地圖

這些抵抗活動之一，是已經喧騰一時的東山區堤町居民的大抗爭。不知何時出現的一大塊空地上，突然蓋起了一棟七層樓的大廈。周邊居民大為不滿，於是全都站出來。那塊地就是我在《千年繁華》中曾寫到的古川町市場的隔壁。那是個充滿人情味而且可愛的地方，辛苦打拚的市民屋瓦相連、踏實度日，可以說是個庶民風味的町區。在這麼一個地方突然冒出一棟巨型大樓，這真是孰不可忍的事。市民大為憤怒，巨型大怪手轟隆隆的出現在這麼窄小的巷道簡直非同小可，而且極為危險。市民選出了一位優秀的領袖，組成了一個漂亮的隊伍。結果在法律上獲得相當程度的勝利。七樓大廈降格成為五樓。大廈全體規模都有了大幅的變更。這次勝利並非一朝一夕可以得來的。有很長一段時間也曾經懷憂喪志，認為已經沒有希望

⑯——百足屋町的窄巷。京都的窄巷真了不起，不但可以睥睨天下，而且看得十分清楚。每個角落都灑掃得一塵不染，彌漫著寂靜的氣氛。（新町通蛸藥師下）

⑰——窄巷底的料亭。這是一家頗具京都風味，又很講究的巷底料亭。今晚不知會端出什麼樣的菜色呢？（木屋町御池上）

了。恐嚇、離間、各種想像得到的卑劣手段都曾在此橫行，當然也有人從隊伍中退縮。

然而，當眾人筋疲力盡辛苦奮戰的最後，歡欣喜悅的日子終於來臨。那地區的東側有一個景致美麗的好地方。離知恩院很近，一彎小橋下白川流過，還有鴨子在水上悠游。青柳搖曳，夜裡螢火點點。老實說只是一幅簡單的風景，但據說以前馬龍白蘭度曾站在這橋上，誇讚這裡的風景。眼前是知恩院，再過去就到了祇園石段下，即快到京都最繁華熱鬧地區的地方，就在這裡，一個小小的烏托邦隱然而立。當居民反對高層大廈運動獲得一定勝利之後，再次欣賞這幅風景，不由得感觸良深。為了讓這幅值得呵護的小風景繼續存在，需要一群堅定的居民擁有一顆描繪未來的心。

木村萬平先生的居家周圍現況如何呢？我不清楚。可以說完全不知道。不管是阻止的一方或是最後推動破壞市町的一方，都是盡最大的力量在纏鬥著，這就是京都現在慘烈的一面。即使看起來力挽狂瀾的一方終於贏了，但最後鉾町還是會遭到破壞。京都的市町會有什麼樣的轉變？每當走在坑坑洞洞的町區，我的心情就沉重無比。風起時吹來的冰涼和不祥的預感，不斷從我臉上拂過。

## 百足屋町居民的鮮活居住樣貌

不過，現在是現在。終於給我盼到了訪問百足屋町的一刻，令我滿心雀躍。半天走過的地方面積少之又少，但那狹小的空間對我而言卻充滿了魅力。誇張一點的說法，在這兒會讓我想到京都人如何生活，或如何活下去。這就是我稱之為「窄巷之志、窄巷思想」的緣由。

先是造訪木村萬平府上。這裡的窄巷是為以木村為首的新居民所準備的，聽到這一點，我暗忖，京都的寬容度還真是出人意表呢！一九八九年京都市長選舉的候選人木村先生住在這窄巷中，足見他不是代代久居於此的京都人。他是戰後進入京大才搬到京都，一直過著教師生活，在百足屋町扎根。其實他的老家是在滋賀縣。

常聽人說沒在京都住上三代，就不算道地的京都人。但他即使戰後才落腳於此，卻是鉾町的中心人物，同時也是反對大廈建築之戰的領袖。而在京之町永遠保存如斯的期望之下，他便先從自己家宅附近開始營造出道地的京都風味。剛好這附近也有這個資質以這樣的生活方式為榮，然而從新町蛸藥師略往北的西側還有另一棟名喚「吉田」的大宅。這家的主人對自己的家宅展示了無比的執著，費盡心血、花大筆金錢努力保存昔日的形式。當然，在祇園祭期間他的家宅會開放，我也曾不請自去上門到處參觀。不同凡響的想法明確可見，簡單說是一個充滿大志的宅邸。

再說到木村萬平先生。這附近光芒閃耀，那是因為即使一個新住戶，只要他愛護京都就能夠有個嶄新的開始。說實話，木村家的窄巷之家並不如吉田家氣派。木村用了新建材建造房子，尤其是家裡內部現代感十足，完全合乎一個以知識為業者的身分。恐怕這條巷子的房子泰平都像這樣，徹底改建或重建，只有外表還是維持舊觀，顯得既穩重又具思古之幽情。

有趣的是第三巷的人。這裡的居民從很久以前就住下來了，整排房子也都沒有改建，洋溢著道地的窄巷風情。我們也到其中一家——木村正之先生的府上拜訪（咦，這裡姓木村的人真多）。此人繼承了父親的衣缽，以刺繡手藝維生。他們家是昭和初期租的，和我家一樣，骨幹紮實，比外觀看起來還堅固。這位先生似乎非常適合刺繡這項工作，既穩健又細緻。二樓是他的工作室，找去的時候，他正在為和服料子縫上刺繡。各色美麗的和服如同波浪般滾在地板上，看得我口瞪目呆。那工作如此細膩、需要專注，像我這種極端笨拙的人來做，肯定只會傻在那裡。聽他說去年因為山鉾的「水引」[67]等需要修繕，所以他為岩戶

[67] —水引：山鉾車上的裝飾掛布。

⑱——做京刺繡的木村正之先生。在四處散落著華麗京染和服料的家中，木村先生正靜心專注地工作。

山修繕了水引。因為他住的町是保存「南觀音山」的町區，所以他也是「山鉾町街巷與挑夫保存會」的副會長，實際上也是「南觀音山保存會」的理事，更在山鉾車上擔任過樂手的職務。我實在是佩服。平常他勤勤懇懇忙的是為美麗的京都和服增添光彩的工作，到了祇園祭還擔任樂手，甚至連水引修繕他都能做。真是個才華洋溢的人呀！這樣的人住在窄巷裡。祇園祭就是靠這樣的人支持著呢！我沉默不語，只是低著頭深深的感謝。

從這位木村先生家出來，在新町通轉角的地方，有一棟美麗的町屋（商家）。它雖然活脫脫就是典型的京都格調，但仔細一看卻發現它是棟新的建築，而且是才剛蓋好的。這房子叫做「百足屋」，是做生意的。店裡充滿著濃濃的京都味兒，裡面有個地方叫「藝廊」，擺放了很多女性看了一定飛奔過去、極其精緻可愛的小玩意兒，都是些古式的縮緬細工活兒。町的建築是真正的京都式。穿堂完全採京都細長型房屋的建築樣式，另外也蓋了土倉。真的是無一處不是京都。在客席上可以吃到京都式的家常菜（おばんざい）。總之一進到店裡，先是觀賞美麗的東西、拿在手上把玩、發呆之後，再接受他們京都日常清爽料理的招待。

這家店的店主是黑竹節人先生。住在山科。這一場地原本已經老朽破敗，黑竹先生卻深為窄巷所吸引，設計成這樣一棟房屋。四十五歲，是個真正有雄心去追求夢想並實現的人。他在手工藝方面也有很漂亮的成績，這間百足屋可說是他的作品之一。這樣的人物發現了這個場地，於是成功的令町屋重生。若是能如此，京都也就令人心安了。我傻傻的想。

大概是物以類聚吧。這一帶還有一家令人心情愉快的店。我們走出百足屋，把焦點轉向東側。

我想應該很少人不知道「おたべ」這種甜點吧。有沒有吃過是另一回事，但這名字應該是聽過的。這種用「生八橋」為皮，裡面包著清爽紅豆餡的甜點，最初是在戰後出現的。八橋、生八橋和豆餡全都是本來就有的東西。但是將它們組合在一起，卻是新一代人的點子。說到「八橋」，是一種具有奇妙弧度，如竹冊一般硬脆的焦茶色煎餅。而在放進烤箱烤之前叫做「生八橋」。從前生八橋也不是那麼常吃的東西。將這生八橋與完全屬於另一個世界的「豆餡」結合在一起。說句玩笑話，就是生八橋王子與豆餡公主「結婚」了。提到「おたべ」這個名字，「お」是敬語的接頭詞，「たべ」當然就是動詞的「吃」（たべる）。但若是說囉嗦一點，可能是連用形或命令形。也就是說有人下命令「吃」的時候，眼前剛好放的就是「おたべ」。不過應該不會是廚師做好了之後命令客人吃才對，可能是「很好吃哦，請吃吃看」的縮寫。又或者是將「吃」這個對人類很重要的動詞，轉變成名詞，然後再加上一個「お」而成的吧。

總而言之，因為這種甜點很好做，其他的八橋店家看到「おたべ」受到好評，便也做出一模一樣的東西，取了各種名字。不過依我看，還是「おたべ」這個名字取得高明。既簡單又有趣。

價格也很便宜。主客群是看準出門遠足的學生吧。我經常在京都的新幹線上行或下行的車站上，看到手拿一袋「おたべ」的學生。おたべ、家常菜，策略一舉成功。

這おたべ的店就在百足屋町。おたべ的會長是酒井清一先生，因年事已高，現在工作都移交給兒子英一先生處理。此外，英一先生也是南觀音山保存會的常任理事。山車的拖曳手約有五十名，都是由おたべ

⑲──百足屋。乍看之下還以為是間歷史悠久的老舖，其實是才剛落成的新店家。眼光所及都是些可愛又美麗的小玩意兒，送進口的餐點則有著讓人懷念的味道。（新町通錦上）

工廠的員工來擔當的。真可說是おたべ之山啊。趁著訪問百足屋町之際，我也受贈了好幾個おたべ。我自己吃了一個，其他拿回去給父親吃。雖然我早就吃過、知道它的味道，但一面吃著還是深深的覺得好吃極了。

おたべ店面也是會所所在，祭典期間，這家店的二樓會搭一座橋跨到山車上。換句話說，會所的一樓是出租給おたべ的總店。店南側是窄巷，從此處往東進巷子，就是總店的後門，正好位在酒井家和山鉾保存庫的對面。我一面走入窄巷，一面骨碌碌的東張西望。「哎呀，這是南觀音山的保存庫呀！」聽到我這麼一嚷嚷，酒井先生「咿啞」一聲打開了一扇看起來像倉庫的門。「欸，這裡是什麼？」我訝異的問道。一個超摩登的廳堂突然出現在眼前，令我大吃一驚。原來是酒井先生向窄巷的一戶人家一再懇求才買下改建的家。

京都人真了不起啊！我暗暗思忖。表面不動聲色，做起事來卻大膽無懼。說起那摩登的式樣，從概念到大門把手都考慮周到，客廳裡還擺了台腳踏車作為裝飾。利用樓梯作成書架，真的是到處都充滿了逸趣。但最令我瞠目結舌的是二樓設在陽台上的露天風呂。雖然我再三確認，但還是半信半疑，「這豈不是成了草津的露天風呂了嗎？」感覺頗為奇妙。看來是沒錯，真的是一個露天風呂。這並不是家主人喜歡才做的，而是因為以前窄巷的空間利用不能有屋頂。但我不得不擔心這房子位在町區的正中央，難道不怕被人看見嗎？不過設計得十分巧妙，也都有適當的遮蔽物，所以從旁邊是絕對看不見的。

我只說了句「真是佩服」，便懷著極大的震撼離開了酒井家，手上緊緊抓著他送我的點心袋子，有點茫然的走在馬路上，這才深深體會到這是多麼精緻的生活方式啊！

聚集在這裡的居民有著各種不同的生活。選舉候選人、刺繡師傅、手工藝品經營者，還有一位開公司經營在某種意義上代表京都的甜點（經過這次經驗，我更是重新體會到絕不可小看おたべ這種點心，它是既大眾化又有京都味，且低價的產品。真是了不起），在自己的生活中卻從事嶄新的冒險。而且從外表看來，仍充滿保有窄巷構成的要素，絲毫沒有令人側目的不快。再者，他們都各自為了保存南觀音山而勞心勞力，付出極大的貢獻。

最令我心有所感的是窄巷裡的婦女、為人妻者。木村萬平夫人武子女士，雖然行事低調，卻不怯懦，溫柔但堅持的與丈夫並肩成為京都町區的守護者，在各種雜事上盡心盡力。酒井夫人是從離此處不遠的北觀音山鉾町處嫁來酒井家。以前宛達司照相館上一代

⑳──おたべ的社長酒井先生宅邸的露天風呂。此屋位在京都町區正中央的窄巷內，竟設有露天風呂！不過這事一點不假。京都商人如何實現天外奇想，由此可見。嘆服！嘆服！

夫人也是從河原町五条走約十五分鐘的距離來到花遊小路的。但酒井夫人的娘家幾乎近在眼前。她的娘家是一家名叫「近新」的餐館。京都人的生活有時候就像是從前的神話故事，啊！真是有趣。酒井太太或許是因為娘家職業的關係，從她居家情況即可知曉，她積極的將天賦能力與未來的志向相疊在一起，把熱情投注在料理講習上；而且個性明朗，與人所說的京女大都壞心眼的世界迥然不同，是個非常善良的人。

百足屋町的居民，現在正靠著自己的力量，想為京都人面臨種種困難時該如何生存這個問題找出答案，並且將之實踐，極富柔軟性，而且這種行動應該是對踏實生活有愛，才能產生的吧！實在是令我佩服。這種情形應該不只是百足屋町才有吧。當痛苦的、氣憤的、無計可施而絕望的前景——比如說構想中的新京都車站人廈，令人質疑相關人員的意圖根本不是出自於愛護京都——在腦中浮現的時候，仍然認真生活、戰戰兢兢的踏出每一步，懷著他們自己的展望，積極而堅強的活著，這樣的人在京都仍不在少數。我將希望寄託在他們身上，希望和他們一同奮鬥下去。

窄巷的思想就是京都的思想。只有以它為根本，京都才會有明天。這一點我一直深信不疑。

（又，可喜的是，兩年前地圖上「爭訟中」的地點，現在已經朝著正面的解決方向邁進，似乎不會看到悲慘的結局。由此，我也再次認識了這個地區的力量。）

81——太子山奇應丸的秦家藥舖。店面氣派十足，看上去就覺得這家店的藥肯定有效！經營了十二代所留下的門風使然吧。藥舖興建在明治時代，那個時代的力量是偉大的。（油小路通佛光寺下）

㊸──西陣的町屋。倉庫和家宅。昔日再平常不過的商家景致，現在卻有如珍寶。不過我深信，這樣的珍寶在京都應該還很多。令人慶幸。（山田氏宅，智惠光院通寺之內下）

㉜——倉庫蓋得有點怪的寺院。即使是附近常來寺裡的人，似乎也不知道畫中物的位置在哪裡。蓋得十分有趣。（淨光寺，高倉通押小路上）

84——化野的念佛寺。看到大白天下一覽無遺的化野石佛群，墓地上的文字和話語，讓我感受到一種遺世而立的氛圍。當長明燈同時點起時，即雙手合十，誠心為死者悼念。

85——龍安寺的石庭。其中的大石是最為
重、靜默不言的代表。即使清風吹過也不
語，也不開花。然而，有什麼東西會像這
石頭一樣向許多人不斷的訴説著？很多人
與這石頭面對面進行無聲的對話。

# 後記

## 京都的美術館、博物館巡禮

來到京都之後，我總利用工作餘暇參觀美術館和博物館。

一旦得知在東京遺漏沒去的展覽，偶爾在京都開展了，有時會順便過去看看，也曾專門為看展飛奔而來。當我覺得此展非看不可就會馬上前往，把一切擱在一旁，並不是因為我的意志堅定，而是因為我沒把旅行這事看得太難，總是抱著盡可能自由輕鬆的決定之後就行動的心態。

其中最難忘的一次是岡崎公園中的近代美術館所舉辦的畢費（Bernard Buffet）展、安德魯．懷斯（Andrew Wyeth）展、小磯良平回顧展。這幾回我都是專程前來欣賞的。

懷斯展是在一九七四年。那時他在日本還不太出名，而我看到他八十八幅佳作，受到極大的衝擊，至今仍深深為之傾倒。他以充滿詩情的筆調，畫下美國的山河和人物，現在已是無人不知的寫實派巨匠，也是世界級的畫家。小磯良平先生則是我最尊敬的畫家，因為他出身關西，特別展出了他許多未發表的作品，所以具有別處所不及的優點。

至於京都市立美術館也常有東京都美術館遺漏的各種美術團體展，所以我也看了不少。

從三条通轉彎前往美術館的那條路是神宮道通。走到中段有一間大型藝廊，叫做「山總美術」。這裡蒐羅了許多近現代、品質極高的西洋美術畫作，非常值得慢慢鑑賞，所以每每走過此地我一定繞進去看看。去年偶然在這裡看到三件懷斯的作品，大為感動。

這個藝廊也蒐集了青木敏郎的作品，不時會舉行個展和常設展。他在歐洲研究荷蘭的繪畫，習得林布蘭、維梅爾、霍爾班等人的古典技巧，是日本少見古典寫實派表現卓越的畫家。我極力推薦各位一定要去欣賞一次。可惜今年春天，這個藝廊進行改裝工程。可能要等到秋天才會再度開放吧！

京都國立博物館經常舉辦企畫優良、內容充實的展覽會，所以我也常常報到。其中又以一九六九年所舉行的「日本國寶展」為最，可稱得上是空前絕後的大型展會。

我國的國寶大都集中在關西，又以京都（約占百分之二十）為中心。全國共八百多件國寶中，就有二百七十件，也就是全數三分之一強的寶物，在那次展會中一舉推出。由於規定嚴格，也不再移至其他縣市開展，只有在京都這唯一一次。聽到這個消息之後，我就從東京直奔而來了。琳瑯滿目的世界級名品一一在眼前呈現，宛如烙刻在我的眼瞼上，直到現在還是印象鮮活。向所有人宣示「京都是藝術文化的寶庫」的京都市和其博物館的壯舉，令所有人只能低頭拜服。

像這樣的一日行能有如此感動的經驗，後來再也沒有機會遇見。

## 伏見的町名之旅

為了本書的採訪，我去到許久不見的伏見。坐京阪電車從京都市中心只要三十分鐘左右，就可到達「京都市伏見區」，然而不知為何總覺得它很遙遠。

可能是因為它雖然是京城的一部分，卻是一個擁有獨自歷史的城下町（衛星都市）吧。當地町的自治組織直到現在都還留著城下町的影子。尤其是大手筋的御香宮大門，還堂堂留著伏見城正門的遺跡。另外，在棋盤式複雜交錯的小巷裡，還看得到蟲子窗的商家林立，由此可以窺見它還是城下町時的昔日繁華。占據町區中心的連棟巨型酒倉，氣勢威壯的景觀連京都都找不到。我想，這可能就是我將伏見視為異鄉的原因之一吧！由於這個緣故，從京都到伏見的時候，我還是無法抹除「從京都出發的小旅行」印象。

我對舊地名和町名有著強烈的興趣。雖然町區隨著時代而改變，但是我很高興許多城下町當時的地名和町名，到現在還依然保留著。一邊打探町名一邊沿街尋訪時，商人町、工匠町、諸侯宅邸町的配置圖就會一一跳躍出來，令人興奮不已。這些町名如下面所記：

南新地、魚屋通、納屋町、大手筋通、帯屋町、革屋町、風呂屋町、瀬戸物町、鷹匠町、銀座町、御堂前町、問屋町、城東町、御駕籠町、西奉行所町、東奉行所町等。

附帶一提，當京阪電車在七条駛上地面，朝著中書島前進時，就好像有一個機制將我們切換到時光隧道，走進歷史的世界中。讓伏見變得遙遠的元凶十之八九是這個原因吧。您覺得呢？

京阪電車的站名如下：

東福寺、鳥羽街道、深草、藤森、墨染、丹波橋、伏見桃山、中書島。

一九九二年八月二十一日　澤田重隆

【Eureka】ME2013Z

# 喜樂京都

京に暮らすよろこび

作者➡壽岳章子 / 文 · 澤田重隆 / 繪
譯者➡陳嫻若
封面設計➡張巖
版面編排➡吉松薛爾
總編輯➡郭寶秀
協力編輯➡曾淑芳
行銷➡力宏勳

事業群總經理➡謝至平
發行人➡何飛鵬
出版➡馬可孛羅文化
台北市南港區昆陽街 16 號 4 樓
電話⇨(886) 2-2500-0888 傳真⇨(886) 2-2500-1951
發行➡英屬蓋曼群島商家庭傳媒股份有限公司城邦分公司
台北市南港區昆陽街 16 號 8 樓
客服專線⇨02-25007718 02-25007719
24 小時傳真專線⇨02-25001990 02-25001991
服務時間⇨週一至週五上午 09:30-12:00；下午 13:30-17:00
劃撥帳號⇨19863813 戶名⇨書虫股份有限公司
讀者服務信箱⇨service@readingclub.com.tw
城邦網址⇨http://www.cite.com.tw
香港發行所➡城邦（香港）出版集團有限公司
香港九龍土瓜灣土瓜灣道 86 號順聯工業大廈 6 樓 A 室
電話⇨852-25086231 傳真⇨852-25789337
電子信箱⇨hkcite@biznetvigator.com
馬新發行所➡城邦（馬新）出版集團
Cite (M) Sdn. Bhd. (458372U)
41, Jalan Radin Anum, Bandar Baru Seri Petaling,
57000 Kuala Lumpur, Malaysia.
電話⇨+6 (03) -90563833 傳真⇨+6 (03) -90576622
電子信箱⇨services@cite.my
製版印刷➡中原造像股份有限公司
四版一刷➡2024 年 11 月

定價➡400 元（紙書）
定價➡280 元（電子書）

KYO NI KURASU YOROKOBI
Text by Akiko Jugaku
Illustrations by Shigetaka Sawada

ISBN➡978-626-7520-26-0（平裝）
ISBN➡9786267520307 (EPUB)


國家圖書館出版品預行編目（CIP）資料

喜樂京都 / 壽岳章子文；陳嫻若譯. -- 四版.
-- 臺北市：馬可孛羅文化出版：英屬蓋曼群島商家庭傳媒股份有限公司城邦分公司發行, 2024.11
面； 公分. --（Eureka；13）
譯自：京に暮らすよろこび
ISBN 978-626-7520-26-0（平裝）

861.67 113013906

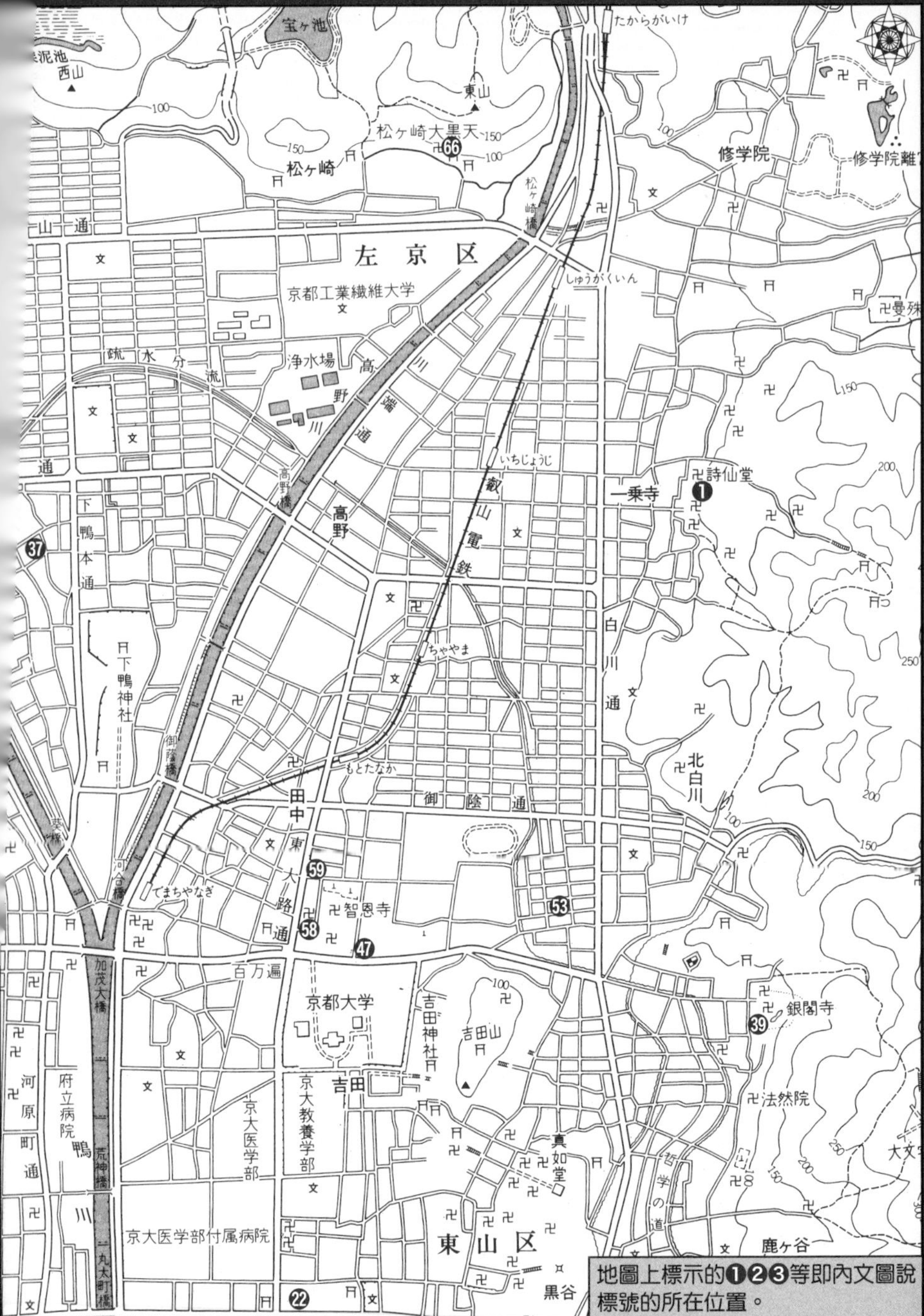


地圖上標示的❶❷❸等即內文圖說標號的所在位置。

0 700m

# 京都市街圖 2

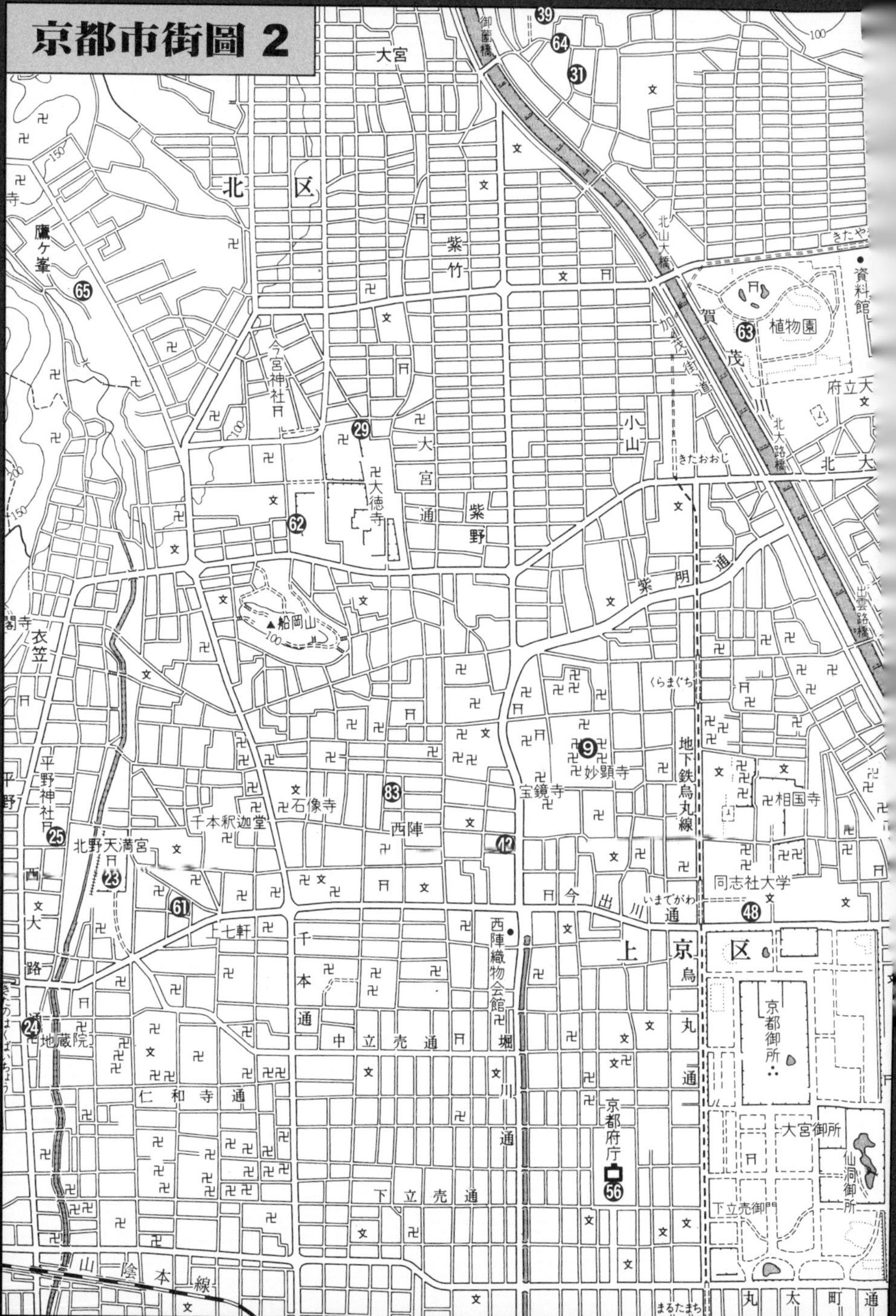

北区
上京区
大宮
御薗橋
北山大橋
きたやま
資料館
植物園
賀茂
加茂街道
府立大
北大路橋
北大
きたおおじ
出雲路橋
紫竹
紫野
大宮通
小山
紫明通
今宮神社
大徳寺
船岡山
鷹ケ峯
衣笠
平野神社
平野
北野天満宮
西大路
きたのはくばいちょう
地蔵院
千本釈迦堂
石像寺
西陣
上七軒
千本通
中立売通
仁和寺通
下立売通
西陣織物会館
堀川通
京都府庁
今出川通
いまでがわ
くらまぐち
地下鉄烏丸線
烏丸通
妙顕寺
宝鏡寺
相国寺
同志社大学
京都御所
大宮御所
仙洞御所
下立売御門
山陰本線
丸太町通
まるたまち